KB146178

인생이라는 선물

강목어 지음

혜민라이프

CONTENTS

⊙ 첫 번째 선물.. '나'라는 선물..

이런 나를 사랑하도록 한다. ● 8

나만이 가진 "쓸모없음의 쓸모 있음"에 대해.. ● 11

우리는 누구나 최고였었다. ● 16

세상 가장 낮은 곳에서.. 세상 가장 높이 있는 사람.. ● 20

세상과의 화해.. 그리고 동행.. ● 24

나를 위한 축배.. ● 28

지금 여기 있는 나를 믿는다.. ● 31

흔들릴 때마다.. ● 35

자유로울 수 있는 자유.. ● 38

나를 위한 대화.. ● 42

⊙ 두 번째 선물.. '만남'이라는 선물..

고맙지 않은 사람이 어디 있으랴.. ● 46

평생 잊혀지지 않는 내 인생의 그 사람.. ● 51

더.. 꼭.. 안아주리라.. ● 56

내가 먼저 그런 사람이 되게 하소서.. ● 59

그저 괜찮다고 말해주면 되는 거야.. ● 63

편안한 사람이 더 좋은 이유 ● 67

'소사나무' 분재처럼 정情깊은 사람.. ● 71

단지 그 사람만으로도 좋은 사람... ● 74

저 별이 너에게 말해줄 거야.. ● 77

당신의 새 길을 응원합니다. ● 80

⊙ 세 번째 선물.. '사랑' 이라는 선물..

가만히 있어도 가슴 설레는 것은... ● 86

여기 그렇게 살아가는 이유.. ● 88

잘살고 있는 거니.. ● 91

그때 열정적이었기에.. 지금 은은하게.. ● 94

삶의 의미가 무엇이냐 묻는다면.. ● 98

누구나 외로워서 그래.. ● 101

모두가 아는 인생의 비밀 ● 105

또 다른 '지구'가 있건 없건.. ● 108

따끈한 '집밥'이 먹고 싶은 건.. ● 111

중년의 사랑법.. ● 114

⊙ 네 번째 선물.. '희망' 이라는 선물..

다시 시작하는 오늘 ● 122

이것조차 내 소중한 살아감의 날들인 것을.. ● 125

혼자서도 꽃은 핀다. ● 128

여전히 별을 따는 소년 ● 130

봄의 들녘에 희망을 심는다.. ● 136

가고 싶은 길이 있다면.. 가봐야지.. ● 140

그 길을 걸을 때는 모르겠지만.. ● 144

내일은 더 좋은 날이 될 것이다. ● 147

언제나 푸르게 살아가고 있음에.. ● 151

오늘은 안 좋아서 좋은 날.. ● 154

⊙ 다섯 번째 선물.. '행복'이라는 선물..

행복해야할 의무와 권리.. ● 160

그래도 행복하게 살다 가는 것.. ● 163

오늘은 그 언제나.. 내일 보다는 더 젊은 날 ● 167

단지 천천히 걸었지.. ● 171

흔히 보던 반딧불이.. 신비한 존재가 되었듯.. ● 175

오늘도 좋은 날 ● 179

진정한 성공과 행복이란.. ● 182

내일의 행복을 위해.. 오늘의 행복을 포기 말아야지.. ● 186

행복한 기도 ● 190

삶은 단지 축복인 것을.. ● 194

⊙ 여섯 번째 선물.. '자연'이라는 선물..

저기 저 '산'이 나에게 왔다.. ● 200

이렇게 봄이 오는구나.. ● 205

아직 봄은 시작일 뿐이라고.. ● 209

봄비가 전하는 행복한 약속 ● 213

하늘이 말해준 것.. ● 216

사막을 흐르는 강江 ● 218

바람도 그렇게 산다.. ● 222

2천년된 고갯길을 걸으며.. ● 225

작은 강江처럼 살면 되지.. ● 229

살아있음으로 느끼는 소중함.. ● 232

◉ 일곱 번째 선물.. '인생'이라는 선물..

살아 냈기에 얻은 것들.. ● 236

그냥 그러면 된 거야.. 그것만으로도 잘한 거야.. ● 239

삶이란 '혼자'가 되어가는 과정.. ● 245

그냥 흘려보낸다.. ● 249

꽃 보다 열매이기를.. ● 253

가장 맛있는 과일은.. 상처 있는 나무에서 열리지만... ● 256

살아 있기 때문에 할 수 있는 일 ● 260

삶의 숲을 물려받으며.. ● 267

단지 묵묵히 걸을 뿐.. ● 270

아직 삶의 의미를 모르더라도.. ● 274

■ 덧붙이는 글.. 그래도 함께 하려고.. 그렇게 함께 하려고..

더 '이루려는' 희망 보다 더 '나누려는' 희망으로.. ● 280

당신도 나처럼 혼자 깨어 있음을 알기에.. ● 286

첫 번째 선물..

'나'라는 선물..

이런 나를 사랑하도록 한다.

- 세상 끝까지 나의 편에 설 수 있는.. 나 자신이기에..

대부분의 사람들이 나보다 능력 있고.. 나보다 똑똑하다.

또 나보다 부지런하고.. 나보다 많이 배우고.. 나보다 냉철하고..

나보다 빠르고.. 나보다 높이 있다.

그러나 나는 남들보다 여러 모로 부족한 나를 사랑하도록 한다.

능력 부족하고.. 계산 느리고.. 마음 약하고.. 순진하고..

덜 부지런하고.. 덜 배웠지만.. 이런 나를 사랑하도록 한다.

바로 그런 부족한 사람이기에..

져줄 수 있고.. 속아줄 수 있고..

상처 받고도 속없는 사람처럼 웃을 수 있고..

철없는 사람으로.. 셈이 느린 사람으로..

손해 보고도 그냥 받아들이고 살 수 있기에..

그냥 그런 것이 나라며.. 덤덤하게 받아들일 수 있기에..

세상 누군가는 이익을 보며 웃을 수 있고.. 즐거울 수 있음을 알기에..

이렇게 내려놓고 사는 사람들이 있기에.. 세상이 그나마 덜 치열하고..

누군가 속없는 푼수로 살아야 또 누군가는 냉철함을 발휘할 수 있기에..

돌아서서 홀로 눈물 흘리더라도.. 슬픈 역할을 내 몫으로 받아들인다.

그래서 그런 역할을 할 수 있는.. 나 역시도 필요한 사람..

나 역시 괜찮은 사람이라고 믿으며.. 나는 나를 사랑하도록 한다.

이렇게 분명 나만이 할 수 있는 역할이 있기에..

부족한 나만이.. 여린 나만이.. 아픔을 견딜 수 있는 나 자신만이..

사람들에게 해줄 수 있고.. 나눠줄 수 있고.. 위로가 될 수
있고..
환히 웃을 수 있는.. 무언가가 나에게만 있다고 믿기에..

비록 부족한 나 자신이지만..
알고 보면 그래도 쓸모 있는 사람이라고..

그 쓸모없음의 쓸모를 사신 사람이라고..
나는 나를 사랑하도록 한다.

세상 끝까지 나의 편에 설 수 있는 사람은..
오직 나 자신뿐이기에... 더더욱..
나를 사랑하도록 한다...

나만이 가진 "쓸모없음의 쓸모 있음"에 대해..

– 나만이 하는 거고.. 나니까 할 수 있다는 믿음으로...

그동안 나는 나를 사랑하지 못했다.
내가 나를 사랑하기까지는 수십 년의 시간이 걸렸다.

내가 가진 운명을 원망했고..
왜 나만 이렇게 사느냐는 자책과 불만으로 지난 세월을 보냈다.

내가 운명을 받아들이는 세월은..
비록 부족하고 못난 나의 인생일지라도..
그 삶은 소중하고 괜찮은 삶이라는 것을 알아가는 과정이었다.

남들이 보면 별 것 아닌 작은 행복에서..
왈칵 눈물이 쏟아지는 순간을 겪으며..
내 삶의 소중함을 알기 시작 했고..
힘든 일들은.. 단지 힘겨움만이 아니라..

사실은 나를 찾아가는 과정이었음을 알게 되었다.

어린 시절부터 함께했던 오랜 불행은 늘 지극히 고통스러웠
지만..
그런 시간들은 또 역시 내가 나를 만나고.. 내가 나를 이해해
가는 순간이었다.

그 어떤 불행과 실패 속에.. 이런 순간에 나는 이런 모습일
수 있고..
나는 이런 일을 할 수 있는 사람이고.. 이런 일을 견뎌낼 수
있고..
이렇게 생각하고.. 이렇게 울게 되는 사람이라는 것을..

인생은 끝내 포기하지 않고 달리는 사람이..
최후의 승리자가 되는 경기라는 것을..
그게 참 힘들고.. 어려운 일이라는 것을 이미 알고 있기에..

힘들어도 참고 사는 것이지만..
그렇기에 큰 성공 대신 평범한 행복을 찾고..
그것으로 만족한다는 것을.. 이제는 알고 있기에..

그 힘겨운 삶의 날들을 참고 견디며..
지금까지 살아남았다는 것만으로도 대견한 일이라고..
그것으로.. 나라는 사람은 괜찮은 사람이라고..

그렇게 쉽게 포기 하지 않았음으로..
비록 쓸모없는 능력만을 가진 사람이지만..
쓸모없지만은 않은 사람이라는 것을.. 알게 되었다.

그렇게, 드러나 보여지는 성공만이 삶의 모든 모습이 아님
을..
그때서야 비로소 알게 되었다.

세상은 얼마나 넓고.. 얼마나 많은 일들이 벌어지며..
얼마나 다양한 능력자, 빛나는 사람들이 많은가..
그러나 그런 돋보이는 역할들은 나 자신에게는 별로 주어지
지 않는다.

더 큰 일을 할 만한 재능과 환경이 뒷받침 되지 못하면
그냥 이 만큼.. 고작 이 정도.. 밖에는 살지 못하는 것이 세
상사였던가

하지만 그래도 비록 지금 이 만큼만으로도..

내 삶이 특별할 수 있다는 것은..

내가 내 자신이.. 대단히 노력했음을.. 아주 특별했음을.. 인정했을 때..

그래도 나 자신에게 있어서만큼은.. 나름 성공한 삶이라는 것을 알았다.

져줌으로써 누군가의 승리가 행복할 수 있음을 알기에..

비움으로써 누군가의 채워짐이 특별할 수 있음을 알기에..

가벼움으로써 누군가의 무거움이 돋보일 수 있음을 알기에..

부족함으로써 누군가의 풍족함이 대단할 수 있음을 알기에..

손잡음으로써 누군가의 외로움이 덜어질 수 있음을 알기에..

져줌도.. 비움도.. 가벼움도.. 부족함도.. 손잡음도..

나름대로의 소중한 의미를 가질 수 있음을 알기에..

그래, 차라리 내가 더 아프고.. 더 상처받음으로..

내가 먼저 양보하고.. 내가 먼저 사과하고.. 내가 먼저 손 내미는 일조차도..

나만이 할 수 있고.. 나만이 하는 거고..
나니까 할 수 있다 다독이며..

나만이 가진 "쓸모없음"이 나의 "쓸모"라고 믿으며..
나는 나를 사랑하도록 한다.

우리는 누구나 최고였었다.

- 여전히 그 사람에게만큼은 최고로 인정받는 사람이었다.

최고로 공부를 잘해서도.. 최고로 운동을 잘해서도..
최고로 노래를 잘하고.. 최고로 잘 생겨서도 아니었다.

그래도 우리는 최고였었다..
단지.. 부모님의 자식이기에.. 그냥 '나'이기에..
'나'라는 이유만으로.. 누구나 최고의 아들, 딸이었었다.

그 누구나 모두 다 자신의 부모님에게만큼은..
최고의 사람으로 인정받으며.. 가장 큰 기쁨을 주고..
가장 큰 믿음을 주는 사람으로.. 사랑 받으며 살아왔다.

그러나 지금 이 순간..
많은 사람들이 최고가 아닌 평범하게 살아가고 있다.

하지만 여전히 최고인건 맞다.

비록 지금 이렇게 평범하게 살고 있지만..
그 예전 그대로 최고의 아들, 딸로..
사랑 받고 있고.. 믿음과 기대가 되고 있다.

이미 이루어야할만한 때가 많이 지난듯해도..
단지 아직 때가 오지 않았을 뿐이라는 위로를 받으며...
아직도 변함없이 최고의 믿음을 받고 있다.

최고로 성공할 사람이고.. 최고로 성공한 사람이라서..
사랑 받고.. 기대 받았던 것이 아니었던 것이다.

그렇게 우리는 남들에게 최고는 아니었지만..
여전히 그 사람에게만큼은 최고로 인정받는..
최고 큰 기쁨을 주는 사람으로..
최고로 소중한 사람으로 살아가고 있는 것이다.

인생은 그런 것이다..
모두가 나를 알아주지는 않는다..
최고가 되지 못하고.. 최고라고 인정받지 못해도 어쩔 수 없다.

하지만 그래도 우리가 최고였었고..
여전히 최고로 소중한 사람인 것은 분명하다..
최고가 아닌듯해도 최고인 사람인 것이다.

그렇게 우리는 대단히 소중한 사람이다.
평범하지만 특별한 사람이고..
언제나 최고로 소중한 사람이다.

"아름답지 않은 꽃은 없다.."

꽃이 아름다운 건 더 붉게 피어서도..
더 화려하게 피거나.. 더 높이 피어서가 아니라..
단지 사계절을 견뎌내고 피어났기에..
꽃으로 피어난 것만으로도 아름다운 것이다.

빨리 피어났건.. 늦게 피어났건..
어디에서 피어났건.. 언제 피어났건..
단지 꽃이기에 아름다운 것이다.

들녘에 핀 꽃은 어우러져 있어 아름답고..
바위틈에 홀로 핀 꽃은 고귀해서 아름답다.

화사한 꽃은 그 밝음이 아름답고..
소박한 꽃은 그 순수함이 아름답다.

그래서 생명 없는 가짜 꽃이 아니라면..
무슨 색으로 어떻게 피어났건..
아름답지 않은 꽃이 없다.

우리 삶도 그렇다.
진실한 삶이라면 아름답지 않은 인생은 없다.
어떤 위치에서 얼마나 돋보이는 삶이라서
아름다운 것이 아니라.. 단지 세상의 들녘에서..
결국 견디며 살아가기에 아름다운 것이다.

우리는 모두 다 그렇게 아름다운 꽃이다.
그 누군가에게든 가장 소중한 꽃이다.

세상 가장 낮은 곳에서..
세상 가장 높이 있는 사람..

– 아직도 자신의 그 소중함을 모르겠지만...

세상 가장 낮은 곳에 있지만..
그래도 실아남아야 한다고..
더 낮게 고개 숙이며 사는 사람..

그래서 세상 가장 낮은 사람..
이제는 그 이름조차 더 낮아져 버린..
세상 속의 그 사람.. 아버지..
착한 아버지..

힘겨움은 내 속에 감추고..
늘 남들에게 져줘야 하고.. 맞춰줘야 하지만..
낮으면 낮은데로.. 숙이고 참으며 오늘을 견디지..

그래도 쓸쓸함과 허전함은 어쩔 수 없고..
견디고 견뎌도 참기 힘든 것이 삶의 무게지..

그렇게 세상 가장 낮은 곳에..
세상 가장 낮은 사람으로 살다가..
터덜터덜 힘 빠진 발길로 돌아오면..

가장 낮은 나를.. 나보다 더 낮은 곳에서..
맞춰주고.. 세워주고.. 올려주는 그 사람..

가장 낮은 나를 위로해주고..
가장 낮은 나를 그래도 믿어주고..
가장 낮은 나의 이야기를 들어주고..
가장 낮은 나를 안아주고 일으켜주어..

결국 가장 낮은 나보다 더 낮은 곳에서..
더 높은 사람으로.. 더 높은 곳으로 올려주는..
좋은 어머니.. 좋은 당신.. 좋은 사람..

그래서 세상 가장 낮은 나보다..
더 낮은 곳에 있지만..
그 누구와도 비교조차 할 수 없는 소중한 사람..

위대한 인물이 아니지만 우러러 볼 수밖에 없고..

특별한 사람이 아니지만 기댈 수밖에 없는..
여리고 약하고 부족하지만 너무도 대단한 사람..

그래서 결국 그 어떤 사람 보다 더 높은 사람..
그렇기에 낮은 곳에서 있지만 가장 높이 있는 사람..

그런 당신에게 이런 말이 위로가 될 수 없지만..
그래도 안다.. 그 낮은 곳에 함께하는 당신의 위대함을..
살아있음의 소중함을 느끼게 해주는 특별한 사람이라는 것
을..

남자의 착함이 세상살이에 별 소용없는 짓이지만..
그런 착함 때문에 아무도 힘들게 하지 않았고..
그 누구에게나 속없는 웃음으로 흐뭇함을 주었기에..
그런 착한 삶도 그래도 소중한 삶이라고 말하고 싶지만..

그래도 당신의 그 삶만큼 소중할까..
그래도 당신이란 사람만큼 대단하고 소중할까..

그래서.. 당신은..
세상 가장 낮은 곳에서..

첫 번째 선물.. '나'라는 선물..

세상 가장 높이 있는 사람..

비록 당신은..
아직도 자신의 그 소중함을 모르겠지만..

세상과의 화해.. 그리고 동행..

– 더 이상 두려워 할 것도 없기에.. 미련 가질 것도 없다...

늘 세상과 나는 어긋났다.
내가 느리게 설으면 세상은 빨리 뛰었고..
내가 빠르게 걸으면 세상은 늦게 걸었다.

그래서 또 내가 여유를 갖고 천천히 걸으면..
세상은 또 다시 빨리 뛰며 앞으로 달려갔다.

세상이 순수한 감성 글을 좋아할 때..
나는 사회성 강한 시사적인 글을 썼고..

이제 다시 세상이 변해..
시사 글에 관심이 크게 늘고 박수 받을 때..
나는 또다시 철지난 감성 글을 썼다.

남들이 '부자 되세요'라 인사하며 '부자'를 꿈꿀 때..

나는 자유로운 삶을 꿈 꿨고..

남들이 '힐링'과 '먹방'에 빠져 있을 때..
나는 가벼움 보다는 진지한 무거움을 말 했었다.

남들이 '성공'에 대해 고민 했을 때..
나는 삶의 '성찰'에 대해 고민 했으며..

남들이 세상 곳곳을 여행하며 소개할 때..
나는 자기 삶을 찾는 여행에 대해 이야기 했다.

이제 뒤늦게라도 세상과 어울리려 했지만..
이미 세상은 저 멀리 앞서 달리고 있었고..
세상과 멀어진 나는.. 나만의 길을 홀로 걷고 있었다.

이렇게 나는 매번 세상과 어긋났고..
세상과의 엇박자로.. 불화 아닌 불화로..
세상과 어울리지 못하고 불편한 관계로 지냈다.

하지만 이제.. 세상과 화해하려 한다.
비록 세상에 인정받지 못 해도.. 함께 동행 하려 한다.

인생이라는 선물

부족하지만.. 해봐야할 건.. 해 봤으니까..
이만큼이라도.. 해본 것도.. 다행인거니까..
이렇게라도 살아남았음을 감사해야 하니까..

부끄럽고 잘못한 일도 많지만..
남들이 인정할만한 좋은 일도 했고..
희생과 봉사로 착한 일도 했으니까..

그 무엇보다 더 중요한 건..
가슴 떨리는 첫사랑도 해봤고..
지고지순한 사랑도 해봤으니까..

이제 더 이상 무엇이 아쉽고.. 무엇이 두려우랴..
후회는 있지만.. 미련은 없고.. 아쉬움은 있어도..
더 이상 두려워 할 것도 없기에.. 미련 가질 것도 없다.

비록 부족하더라도.. 이런 내 삶을 부끄러워하지 말자..
억울해하지도.. 원망하지도 말자.. 그것조차 내 삶이니까..

그래도.. 가끔 한 번씩은 세상과 내가 만났듯이..
앞으로도.. 함께 발맞춰 걸을 때가 있을 거라 믿으며..

그렇게 또 다시 내 길을 걸어보자..

지금 비록 세상과 떨어져 있어도..
또다시 언젠가 다시 만날 수 있다고 믿으며...
꼭 그렇게 될 거라 믿으며.. 그냥 나의 길을 걷자..

이제까지 그랬듯.. 또 그렇게 포기하지 말고 가자..
그것이 '나'니까.. '나'라는 '사람'이니까..

나를 위한 축배..

– 앞으로도 가장 사랑할 나를 위해.. 잔을 들어라...

오늘만큼은 오직 나를 위해 잔을 든다.
이 밤만큼은 내 인생을 위해 홀로 잔을 든다.

내 쓸쓸했던 인생아.. 내 서러웠던 인생아..
내 외로웠던 인생아.. 내 초라했던 인생아..

그리도 아프고 힘든 시간이었건만..
그래도 소중한 기억으로 남아줘서 고맙다..
여전히 아름다운 추억으로 떠올라줘서 고맙다..

그래도 잘 견뎌낸 시간이었다..
너는 그래도 착하고 순수했다..
힘겨웠지만 잘 참아왔고.. 잘 헤쳐 왔다..

이 밤.. 내 지난 인생에 박수를 보낸다..

그래도 그 시절의 네가 있어.. 지금의 내가 있다..
뭐 대단한 성공을 한 것도 아니고..
대단한 인물이 된 것도 아니지만..

그래도 이렇게 미소 짓고 있잖아..
누구도 원망하지 않고 있잖아..
미련 내려놓고 진심으로 살고 있잖아..

좋은 추억만 기억하며..
사랑했던 사람만 떠올리며 그냥 웃고 있잖아..

그러니 서러운 인생이라 울지 마라..
그러니 덧없는 인생이라 쓸쓸해 마라..

이렇게 내 살아온 인생을 위해..
다시 맞을 내일의 나를 위해 축배를 든다..

아무도 기억해주지 않고..
아무도 축복해주지 않아도..
오늘만큼은 나를 위해 잔을 들어라..
나를 위해 홀로라도 잔을 들어라..

기어이 잔을 들어라..
그렇게라도 내 인생을 축복해라..
참으로 열심히 살아온 나를 위해..
너무도 묵묵히 견뎌온 나를 위해..

내 특별함을 알고 있는 유일한 나를 위해..
오직 나만이 알고 있는 내 소중한 나를 위해..

지금껏 가장 사랑했던 나를 위해..
앞으로도 가장 사랑할 나를 위해.. 잔을 들어라..
아! 위대한 살아감이여.. 아! 삶은 참 아름답구나..

지금 여기 있는 나를 믿는다..

– 아직도 꿈을 만드는 내가 고맙다며 나는 나를 믿는다...

나는 나로 인해 여기 와있다.
내가 이곳으로 온 건 나 때문이다.

내 안에 내가..
나도 모르게 이리로 이끌어 오게 된 거다.
단지 그 뿐이다.

그래서 여기가 좋은 곳이든 나쁜 곳이든..
원망하지도 후회하지도 않는다.
내가 나를 이곳으로 오게 만들었으니까..

이제 와서 어쩌겠느냐..
그렇게 나로 살았기에 여기 왔는데..

단지 내 가슴이 시키는 대로 살았고..

인생이라는 선물

누군가에게도 아픔이 되지 않았고..
세상에 나쁜 짓으로 피해주지 않았다는..
그거 하나면 되는 거지..

그래도 나는 나를 믿는다.
비록 부귀를 얻지는 못 했지만..
세상에 인정받으려 비겁 하지 않았고..

보여주려 살기 보다는.. 보이지 않는 곳에서..
스스로 옳다고 믿는 그 길을 묵묵히 걸어왔기에..

강자가 되지는 못 했지만.. 강자에 맞서고..
강자에 아부하기 보다는.. 약자의 편에 함께 했기에..

이기는 승리에 취하기보다는.. 지기에 익숙하고..
위에 올라 서기 보다는.. 아래에서 받쳐주기를 선택 했기에..

비록 내가 서있는 여기가 그 어디건..
그동안 살아온 내 삶의 가치를 믿고..
내 삶을 부끄러워하기 보다는 나 자신을 껴안는다.

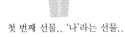

그래 고생 많았다..
겨우 이만큼 밖에 살지 못 한다 해도..
겨우 이거밖에 안 된다고 말 할 수도 있지만..

그래도 또 희망을 만들고 참고 견디며 살아온..
아직도 꿈을 만드는 내가 고맙다며 나는 나를 믿는다.

삶이 꼭 무언가 큰일을 이루어야만 하는 것만도 아니고..
높은 자리에서 부귀영화를 누려야 되는 것만은 아니기에..

여전히 하루하루를 즐겁게 살고 있는 것만으로도..
만나는 사람마다 웃는 얼굴로 밝음을 주는 것만으로도..
누구든 진심으로 대하며 상대를 존중해 주는 것만으로도..

힘든 사람의 이야기를 오래도록 들어주는 공감만으로도..
작은 친절이라도 먼저 베풀어 주는 여유로운 마음만으로도..
그 누구에게든 말 한마디도 기분 좋게 해주는 배려만으로도..

원망 보다는 포용을 하고.. 질책 보다는 칭찬을 하는..
절망 보다는 희망을 찾고.. 단점 보다는 장점을 보는 긍정만으로도..

일상에서는 양보할 줄 알고..
부족할지라도 나줄지 아는 넉넉함만으로도..

그래도 여전히 사랑하는 마음으로..
지금까지도 착하게 살고 있는 것만으로도..

그저 자유롭게..
그래도 좋은 사람으로 사는 것만으로도..
아직 그 삶의 가치를 믿고 인정해야 한다며..
그로인해 지금 여기 있는 나는 나를 믿는다..

그래도 내가 고맙다고..
나는 나를 믿는다...

흔들릴 때마다..

- 여전히 그 자리를 지키고 있는 나를 만나면 된다...

흔들릴 때마다
내가 처음 가고자 했던 그 길을 돌아본다.

어디로 가야할지를 모를 때마다..
어디로 가고 있는지를 모를 때에도..

무엇이 옳은지, 어떤 것이 맞는지..
어떻게 해야 할지가 혼란스러울 때에도
다시 처음으로 되돌아 가본다.

지그시 눈을 감고
내가 처음 출발했던 그 때를 떠올리며
그때 그 마음으로 되돌아가

무엇을 하고 싶었고

무엇 때문에 하려고 했고
어떻게 하겠다는 마음으로
이 길을 나섰는지를 물어본다.

그러면 나에게서 답이 있다.
내 출발의 그곳에 답이 있다.

흔들릴 때마다
처음 그 자리로 되돌아가보고
시작했던 그 마음으로 되돌아가서

원래의 나를 만나보고
내가 원하던 나를 그려보고
내가 진정 사랑했던 나를 떠올리며
나에게서 나의 이야기를 듣는다.

잠시 잊고 있던 나를 만나보고
잠시 떨어져 있던 나를 다시 만나
나에게서 나의 본래 모습을 되찾는다.

이미 아주 오래전부터..

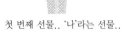

나는 줄곧 이 길로 왔다.
그래도 이리로 오기 위해
흔들리고 머무르며 내달린 것이다.

결국 이 길이 내가 가고 싶었던 길이었고..
또 가야할 길이였던 것이다.

흔들리는 나에게서
여전히 흔들리지 않고 그 자리를 지키고 있는
나를 찾으면 된다.

흔들릴 때면 그렇게 나를 만나면 된다.
처음의 나를 만나고
첫 마음으로 돌아가면 된다.

그 마음이 바로 내가 길을 나선 이유다.
그 마음이 바로 내가 진짜 원했던 나다.

그것이 바로..
내가 가야할 나의 길인 것이다.
내가 사랑하는 나인 것이다.

자유로울 수 있는 자유..

- 세상에 멀어질지라도 그 삶은 더 자유로운 삶이기에...

오늘의 결과에 연연하지 않을 자유
내일의 불안에 걱정하지 않을 자유

소신처럼 내 선택대로 할 수 있는 자유
가고 싶지 않을 때면 가지 않는 자유
가고 싶을 때면 그냥 갈 수 있는 자유

스스로 혼자될 수 있는 자유
사람들의 편견을 겁내지 않을 자유
남들의 속단을 두려워하지 않을 자유

마음껏 울 수도 되는 자유
속 편안히 웃을 수도 있는 자유
흐트러지고 싶을 때는 흐트러지고
흐트러진 모습조차 보여줄 수 있는 자유

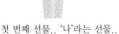

내 마음대로 슬퍼할 수 있고
내 생각으로 용서할 수 있고
내 기준으로 거부할 수 있고

그렇게 내가 솔직함대로 할 수 있는 자유
선택의 결과에 대해 미련을 갖지도
그 어떤 결과를 부러워하지도 않는 자유

세상의 허위와 위선을 무시할 수 있는 자유
권세에도 매달리지도 휘둘리지도 않을 자유
명함으로 내세우는 권위가 별것 아님을 아는 자유

눈치 보지 않고 당당한 나로 살아갈 자유
세상에 버려짐을 두려워하지 않는 자유

참을 수 없는 외로움을 즐기며
고독해도 괜찮다고 홀로 걸으며
느낌대로 흔들릴 때도 있고
운명대로 흘러갈 수도 있는 자유

그래서 온전히 마음 가는대로 살아가도 되는 자유

그렇게 나는 나로 살아갈 수 있는 자유

그런 자유로 인해 세상에 멀어질지라도
그 삶은 더 자유로운 삶이기에

후회하지 않는 삶이라고.. 살아볼만한 삶이라고..
그래도 괜찮다고 말할 수 있는 것이 진정한 자유

그렇게 자유를 꿈꾸는 사람은 세상에서 멀어진다.
그렇게 자유인은 자유롭지 않은 자유인이 된다.

자유로울 수 있는 자유만큼 자유로워지지만
자유로운 것만큼 고독한 것이 인생이기에..

비록 그런 자유롭지 않은 자유인이지만
그래도 좀 더 자유로운 살아갈 때
나는 진정 나의 내가 된다.

그래서 자유로운 '나'는
비록 세상에 멀어질 수 있을지라도..

나에게는 가장 가까이 있는 나이기에..
이런 자유로운 '나'도 내 소중한 '나'다.

자유로울 수 있는 자유..를 누리며 사는
나의 소중한 '나'다.

나를 위한 대화..

– 나를 알게 되고 나를 만들게 되는 나만의 대화...

혼자서도 할 수 있는 대화
오히려 혼자리시 헤야 히는 대화

혼자이기에 더 솔직할 수 있는 대화
그 어떤 말을 해도 모두 이해되는 대화

가장 솔직하고 서슴없이 충고해주고
사실 그대로의 문제를 지적해줄 수 있는 대화

나는 나 자신을 속이기 힘들기에
혼자보다 더 진실한 대화는 없다

아무것도 거릴 것 없고
그 무엇도 주저할 것도 없는 혼자만의 대화

그 어떤 상황이든 그 어느 때이든
나의 편에서 함께해주고
진심으로 나의 입장을 이해해주기에
가장 큰 위로가 되어주는 혼자와의 대화

나와의 대화야 끝나야 다른 누군가와
새로운 대화를 할 수 있다

그래서 대화할 수 있는 나를 만들어주는
나 자신과의 혼자만의 대화

세상 속에 혼자되었을 때
사람은 가장 솔직할 수 있기에

세상에 외면 받아도 끝내 위로받고
인정받을 수 있는 유일한 대화이기에
내 삶에서 가장 소중한 대화

다른 사람과 대화가 끝난 후 다시 돌아와도
독백 같은 내 이야기를 들어줄 수 있는 홀로 대화

그 누구와의 대화에서도 나눌 수 없는
가장 진실한 대화를 나눌 수 있기에

혼자 보다 더 소중한 대화는 없다.
혼자 보다 더 진실한 만남은 없다.
그래서 때론 혼자가 되어야 한다.

혼자 대화로 나는 나를 만나고
나를 알게 되고 나를 만들게 된다.
그렇게 나는 내가 된다.

두 번째 선물..

'만남' 이라는 선물...

고맙지 않은 사람이 어디 있으랴..

– 그래도 고마움으로 함께 했던 기억만은 소중히 남는다...

마주 앉은 사람마다.. 고맙지 않은 사람 어디 있으랴..
이 험한 세상.. 이렇게 살아남아 있는데..

내 이야기 들어주는 사람마다.. 고맙지 않은 사람 어디 있으랴..
넘쳐나는 말들 속에서.. 더 달콤한 말들만 찾고 있는데..

털털한 모습으로 함께 하는 사람마다.. 고맙지 않은 사람 어디 있으랴..
무리지어 잇속 차리기 바쁨 속에.. 편안히 술 한 잔 따라주며 잔 부딪혀주는데..

그 옛날 현자로 불리던 '한비자'는 말했었지..
사람은 이익을 위해 움직인다고.. 아주 냉정하고 야박하게 말했었지..

그래 그 말도 맞겠지..

하지만.. 여기 이렇게.. 그냥 함께하는 것이 좋아서..
힘든 사람을 안아주고.. 비틀거리는 사람을 잡아주고..
넘어진 사람을 일으켜주는데..

손 잡아주는 그 사람마다.. 고맙지 않은 사람이 어디 있으랴..
이렇게 고마운 사람으로 가득 찬 세상살이인데..
고맙지 않은 날들이 어디 있으랴..

이렇게 고마운 날들로 가득 찬 세상살이인데..
고맙지 않은 이유가 어디 있으랴..

하물며 함께하는 사람 모두가 고마울진데..
나를 사랑해주는 그 사람은.. 얼마나 더 고맙고 소중한 존재냐..

이렇게 고마움으로 가득 찬 세상살이인데..
어찌 아파만 하고.. 어찌 슬퍼만 할 거냐..

그래, 나 그 모든 고마움에 되돌려 줄 것 없어..
그 고마움이라고 전하려 글을 쓰네..

인생이라는 선물

지금이 아프거든.. 지금이 힘들거든..
그래도 함께하는 사람이 있다는 것만으로도..
고마움이 되는 거라고.. 위로가 되는 거라고..
그렇게 사는 거라고.. 그래서 사는 거라고.. 세상에 전하네..

고맙지 않은 사람 어디 있느냐..
고맙지 않은 날이 어디 있느냐..

그런 고마움 속에..
오늘도 이렇게..
살아가네..
♥♥♥♥♥♥♥♥♥♥♥♥♥♥♥♥♥♥♥♥♥

살면서.. 때로는 사람에 힘들고.. 사람에 아프지만..
그래도 살면서 누군가를 더 사랑하고 희생해서 후회 되는 건
없다.
단지 그렇게 사랑하지 않았기에 후회 될 뿐이다.

그래서 상대방이 내 마음을 몰라준다고 서운해 하기도 하
고.. 상처 받기도 하지만..
더 멀리.. 더 크게 보면.. 더 사랑해서 본 손해는 손해가 아

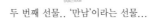
니다.

나로 인해 누군가가 즐거웠다면 그것으로도 잘한 일이고..
내 자신이 더 괜찮은 사람으로 남는 일이다.
그리고 결국 그렇기에 지나고 나서 내 마음이 편하니까..

배려와 진심의 마음을 줬던 그 사람의 잘못이 아니라..
배려와 진심의 마음을 못 받아준 저 사람의 잘못이다.

메마른 땅에 비를 내려준 하늘의 잘못이 아니라..
너무 메마른 땅이라 오히려 그 빗물을 튕겨 버리는 굳어 있
는 대지가 잘못이듯..

꽃잎에 내린 아침 이슬의 잘못이 아니라..
닫힌 꽃송이의 고개 돌림으로.. 이슬조차 못 받아준.. 그 닫
힌 마음이 잘못이듯..

사랑을 나누어준 당신의 잘못이 아니라..
사랑을 받지 못한 그 사람의 잘못이다.

그리고 그 인연의 시간이 길지 않다고 해서..

우연히 만나 스쳐 지나는 인연이라 해서..
사람과 사람의 인연을 그냥 흘려버린다면..
그것 역시도 사람의 소중함을 모르는 그 사람의 잘못이다.

꽃향기는 오래가지 않아도 그 향기로 사람을 기분 좋게 하
고..
바람은 오래 머무르지 않아도.. 그 사람을 시원하게 한다.

사람과 사람의 인연도 그렇다.
꼭 길게 오래 만나야만 가치가 있고 소중한 것은 아니다.
어쩔 수 없는 짧은 인연일지라도 그 나름의 소중함이 있다.

그 인연이 길건.. 짧건 간에..
그래도 지나고 보니 고마움으로 함께 했던..
모든 기억이 소중하게 남는다.
사랑으로 남는다.

결국 그래서 인생은.. 사랑만이 남는다.
그래도 사랑만은 남는다.

"그래, 고맙지 않은 사람이 어디 있으랴.."

평생 잊혀지지 않는 내 인생의 그 사람..

– '따스함'과 '너그러움'만이 소중한 기억으로 남겨진다며...

평생토록 인생의 기억에 깊게 새겨져 있는 사람..

때로는 삶의 스승으로.. 때로는 삶의 등대로..

나를 가르쳐주고.. 지켜주며.. 내 삶을 견디게 해준 사람..

첫 직장에서 만나 사회생활을 가르쳐주었던 팀장님..

글쓰기에 대한 첫 동기 부여를 해주었던 학창시절의 은사님..

나의 형제로 태어나 내 유년기의 스승이 되어주었던 형들..

군대시절에 만나 우정(전우애)의 참 의미를 느끼게 해준 전
우..

그리고 인생의 길에서 만난 여러 착한 사람들.. 사랑하는 사
람들..

그 많은 사람들 중에서..

특히나 아주 긴 세월 나와 함께해주는 한 사람이 있다.

그 사람은 유능하기 보다는 무능한 사람..

강하기보다는 약해서 툭하면 여린 눈물을 흘렸던 사람..

안다고 가르쳐주기 보다는 들어주고 존중해주던 사람..

이기기보다는 져주고.. 혼내고 화내기보다 당하는 사람..

형이면서도 형의 권위 보다는 너그러운 자상함만 있었던 사람..

그래서 그의 가족끼지도 사회성이 부족한 사람으로 생각했던 사람..

바로 그 사람이 나에게는 평생 잊혀지지 않는 사람이다.

그의 아들은 묻는다.

"그렇게 착하고 좋은 사람이면 뭐해요. 아무 도움도 안 되고, 알아주고 인정해주는 사람도 없는데..."

그 물음을 들으며 생각 했다.

누군가에게 평생 잊지 못하는 소중한 사람이 되는 것만으로도..

그 인생은 소중하다고..

비록 사회적으로 출세하거나 성공하지 못해도..

언제나 보고픔으로.. 참 좋은 사람으로.. 기억되는 사람..

그 예전에도 나에게 늘 조용히 말 해주었듯..

내가 힘들고 어려울 때면.. 가만히 안아주듯.. 다가오는 사
람..

내가 내 부족함을 원망하고.. 세상사에 갈등할 때 마다..

그래도 내려놓고.. 그래도 사랑하며.. 좋은 사람으로 살아가
라고..

결국 그것이 옳다고 나를 깨우쳐주는 사람..

오늘도 그 사람은 내 맘 한 켠에 머무르며..

삶을 지나고 보면 그래도 그런 '사랑'만이 남는다고..

그런 '따스함'과 '너그러움'만이 소중한 기억으로 남겨진다
며..

나를 달래주고.. 일으켜주는 사람..

그 어떤 책도.. 그 어떤 사람도..

나에게 그런 실질적이고 절절한 가르침으로..

나를 설득하고 가르쳐.. 내 삶의 지표가 되어준 사람은 없다.

오직 그 사람만이 내가 직접 겪어본 자상함으로..
인생에서 '사랑'과 '배려'가 얼마나 소중한 가치인가를..
직접적으로 느끼게 해주었다.

이렇게 한 사람에게 큰 영향을 준 그 사람이..
과연 무의미한 삶을 산 것이거나.. 실패한 것일까..
그건 아닐 것이다.

그 사람이 나에게 가르쳐주고 보여준 '사랑'은..
또 다른 사람에게도 좋은 '사랑'으로 계속 전해질 것이다.

세상에 아주 약한 사람으로 태어나서..
여기저기 다치고 당하며 살아가지만..
강하고 잘나고 높고 특별한 사람도 알려주지 않은 '사랑'을..
온 몸으로 실천하며 가르쳐준 사람..

어쩌면 약하고 부족하고 못났기에..
더 겸손하고 너그럽고 좋은 사람으로..
더 많은 사랑을 나누어 줄 수 있었을 것이리라...

그래서 그가 보여준 그 사랑이 사실은..

여리고 약한 그가 세상살이에 시달리며 피눈물을 녹여낸 엄청난 사랑임을..

그래서 그의 사랑이 더더욱 아픈 사랑이고.. 소중한 사랑임을..

이제야 얼핏 알게 되었기에.. 더더욱 그 사람을 잊을 수 없다.

더.. 꼭.. 안아주리라..

- 단지 꼬옥 안아주었기에.. 기억 되는 거지..

함께하는 사람은 많지만.. 계속 이어지는 사람은 드물지..

만났던 사람은 많지만.. 다시 만나고 싶은 사람은 드물지..

만나는 사람은 많지만.. 잊혀지지 않는 사람은 드물지..

지난 세월의 기억은 많지만..

끝까지 기억하고 싶은 추억은 드물지..

그래.. 잊혀지지 않고 싶다면..

단지 안아주어라.. 더 꼭 안아 주어라..

충고해주는 사람은 많지만.. 위로해주는 사람은 드물지..

아끼기 때문이라고 말하지만.. 진심으로 아끼는 사람은..

충고 보다는.. 먼저 위로를 해주고.. 가르치기 보다는.. 먼저

안아 주지..

그 누구든 만나면 헤어지고..
아무리 가까운 사이도 결국은 떠나는 것이지만..

그래도 잊혀지지 않는 사람이 되고..
아름다운 사람으로 남을 수는 있다.

맞다.. 잊혀지지 않는 좋은 사람으로 남고 싶다면..
그래도 안아주어라.. 언제나 안아 주어라..

결국 안아 주는 사람만이 아름답게 기억 되는 사람..
안겼던 순간만이 소중한 기억으로 남겨지는 것..

낮은 사람일수록 더 안아 주어야지..
슬픈 사람일수록 더 보듬어 주어야지..
아픈 사람일수록 더 어루만져 주어야지..

백 년도 못 되는 삶을 살다 가는 인생이지만..
그래도 아주 오래도록 기억되는 존재는 있고..
그렇게 오래 기억되는 것이 무슨 의미 모를 수도 있지만..

그렇게 안아주기에.. 내가 더 소중해지고...

인생이라는 선물

내가 더 건강해지고.. 내가 더 행복해지지만..

누구나 힘들고 고단한 인생이기에..
그래도 기대고 안아줄 사람 한명이라도 있으면..
좋지 않겠는가..

그래서 안아 주는 사람으로 사는 것도..
그렇게 안아 구있던 사림으로 남는 것도..

단지 꼬옥 안아주었기에..
아름답게 기억 되는 것만으로도..
그 삶은 좋지 않은가..

내가 먼저 그런 사람이 되게 하소서..

- 남들이 그렇지 못하다고 말하기 전에 내가 먼저...

세상이 냉정하다고 말하기 전에
내가 먼저 누군가에게 따뜻한 위로가 되어 주는
그런 좋은 사람이 되게 하소서..

세상에 믿을 사람 아무도 없다고 말하기 전에
내가 먼저 믿을 만한 사람이 되어 주고

외로운 것이 세상살이라기보다는
세상살이 외로워도 그 외로움을 조금이나마 덜어 주는
그런 따스한 사람이 되게 하소서..

비판하고 지적하기는 쉬워도
이해하고 감싸주기는 어려운 것을 알고

비판하기 보다는 이해하고

인생이라는 선물

지적하기 보다는 감쌀 줄 아는
그런 너그러운 사람이 되게 하소서..

세상인심이 변했다고 말하기 보다는
언제 만나도 똑같다고 느껴지는
여전히 변하지 않는 그런 사람이게 하소서

세상이 그렇지 않나고 말하기 전에
남들이 그렇지 못하다고 말하기 전에

내가 먼저 마음 나눌만한 사람이 되어 주고
내가 먼저 진심을 터놓을 수 있는 사람이 되어야지..

이제 그런 사람이 되게 하소서
먼저 웃음 주는 사람이 되어주고
먼저 미소 짓게 만드는 사람이 되어

먼저 알아 봐주고..
먼저 안아주는 사람이 되게 하소서..
먼저 손 내밀어주고..
먼저 사랑하는 사람이 되게 하소서..

내가 먼저 하는 사람이 되고..
내가 먼저 그런 사람이 되어..

그래도 살만한 세상살이라고..
그래도 외롭지만은 않은 세상이라고..
그래도 가슴으로 함께하는 세상이라고..
느낄 수 있게 해주는..

그런 사람이 되게 하소서...
내가 먼저 그런 사람이 되게 하소서..

♥♥♥♥♥♥♥♥♥♥♥♥♥♥♥♥♥♥♥♥♥♥♥

세상이 냉정하고 차갑다고만 생각하면
언제는 세상이 냉정하지 않은 적 있더냐
언제는 세상이 차갑지 않은 적 있더냐
언제는 세상이 호락호락한 적 있더냐

그래도 따뜻한 사람들이 있기에
세상이 아직 따뜻하게 느껴지는 것
그래도 고마운 사람들이 있기에
세상이 아직 고맙게 느껴지는 것

그래도 믿음직한 사람들이 함께 하기에
세상이 아직 믿을 수 있다 느껴지는 것
그렇게 도와주고 믿어주고 함께 해주기에
아직 세상은 희망이고 행복이고 사랑이 되는 것

비록 쉽지 않은 세상살이지만
그래도 살 만 하다고.. 그래도 행복하다고..

그래도 다행이라고.. 그래도 고맙다고.. 그래도 괜찮다고..
그래도 소중하다고.. 그래도 기억한다고.. 그래도 보고 싶다
고..
그렇게 말할 수 있게 되는 것..

이제 내가 먼저 그렇게 살아야지..
내가 먼저 따스하게 손잡아 주고..
내가 먼저 좋은 사람이 되어 주어야지..

그저 괜찮다고 말해주면 되는 거야..

– 그래도 사람 속의 사람이니까.. 조용히 들어만 주어도 되는 거야...

그 사람도 외로워서 그런 거야..
그 사람도 힘들어서 그런 거야..

그 사람도 너무 쓸쓸해서 그런 거야..
그 사람도 너무 서러워서 그런 거야..

그 사람도 위로 받고 싶어서 그런 거야..
그 사람도 함께 하고 싶어서 그런 거야..

그 사람도 얼마나 힘들면 불현듯 연락 했겠어..
그 사람도 연락할 곳이 없으니 느닷없이 연락 했겠지..

술 취한 하소연일지라도 그냥 들어줘야지..
내용 모를 넋두리일지라도 좀 들어줘야지..

어쩌면 그 하소연을 들어주는 유일한 사람이기에..
어쩌면 그 넋두리를 들어주는 마지막 사람일 수 있기에..

그 차가웠던 사람도.. 보고 싶을 때가 있는 거지..
그 냉정했던 사람도.. 외로울 때가 있는 거지..

그래도 사람 속의 사람이니까..
그래노 사람 속에 살아가니까..

친구들 점점 멀어지고,. 주변 사람 하나둘 떠나가..
어느덧 혼자가 되게 되어..

그 때 비로소 사람이 그립고..
삶이 맘처럼 되지 않음을 느낄 때..

먼저 떠난 그 사람도 너무 외로웠구나..
그때 돌아선 그 사람도 너무 쓸쓸했구나..
그 마음 어렴풋이 느끼게 될 때..

그때 떠난 그 사람과 지금의 나도..
별로 다름이 없다고 깨닫게 될 때..

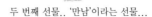

'나 역시 그렇구나'라고 눈 뜨게 될 때..
그때서야 비로소 알게 되겠지..

그렇게 이해해주면 별거 아닌 것을..
좀 더 넉넉한 마음으로 이해해줄 것을..

그저 들어만 주어도 응어리가 풀어지고..
그렇게 흘려보내며 다시 시작하게 되는 것을..

그러니 비록 힘들고 답답할지라도..
좀 더 너그러운 마음.. 넉넉한 가슴으로..
그냥 들어만 주어도 된다.

그래도 그나마..
좀 더 마음 넓게 살아가려 하고..
마음 넉넉히 살려고 하지 않는가..

그래도 들어주는 사람이니까
더 좋은 사람이지..
그래도 이해해주려는 사람이니까
더 착한 사람이지..

그래서 큰 위로를 해주지 못해도..
더 많은 것을 해주지 않아도 되는 거야..

별 도움이 되지 않을지라도
그냥 들어만 주어도 된다.
그저 '괜찮다'고만 해줘도 되는 거야..

끝내는 지나가게 되는 것이기에..
결국 그렇게 지나가는 것이기에..

그저 조용히 들어만 주어도 되는 거야..
그저 가만히 안아만 주어도 되는 거야..

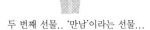

편안한 사람이 더 좋은 이유

− 변치 않기에 더 특별하고.. 새롭지 않기에 더 소중한 것임을...

사람들은 새로운 것을 좋아한다.
신곡.. 신제품.. 새로운 이야기..

그래서 사람도 새로운 사람을 만나면
신선함으로 더 즐겁고 재미있어 한다.

오래 만난 사람은 새로울 것이 없기에
만나도 무덤덤하고 흥미도 떨어진다.

하지만 아주 힘든 날의 퇴근길이나..
또는, 마음 허전한 어느 저녁에는..

별로 많은 말을 나누지 않더라도..
그저 편안 하게 들어줄 수 있는 사람..

그냥 부담 없이 받아줄 수 있는 사람..
바로 그런 편안한 사람이 그리워진다.

세상살이가 힘들수록.. 점점 나이가 들어갈수록..
그런 편안한 사람에 대한 의미는.. 더더욱 소중하게 다가온
다.

온진히 내 모든 것을 보여줘도 되는 사람..
내 모습 그대로로 편히 봐줄 수 있는 사람..

지금 내 모습만으로도.. 얼마든지 편안히 만날 수 있는 사
람..
미리 약속하지 않았어도.. 문득 보고 싶다고 연락하면.. 흔쾌
히 함께해주는 사람..

풍성한 만찬이 아닌.. 소박한 밥상이지만..
아무 스스럼없이 함께해주는 사람..

함께 나누어도 괜찮은 사람..
함께 나누는 것만으로도 좋은 사람..

따스한 커피한잔만 놓고.. 마주해도 참으로 좋은 사람..
다정히 맥주한잔만 나누어도.. 가슴 후련함이 느껴지는 사람..

내 있는 그대로의 모습만으로도 편안히 함께할 수 있는 사람..
그렇게 편안함으로.. 함께하고픈 존재가 필요함을 느낄 때..
오래도록 언제나 변함없이 편안한 사이로 지내온 사람이 떠
오른다.

삶에 지칠 때 마다 함께해주는
사람 좋은 편안한 사람이 떠오른다.

그동안 함께함이 너무도 편했기에
지금까지 오래도록 함께 했던 것이었는데도..

함께한 만남의 시간이..
아무런 부담이 없었기에 어쩌면..
그 소중함을 몰라줬을 때도 있다.

언제나 변치 않는 한결 같은 사람이기에..
부담 없는 편안함으로 만날 수 있었음인데..

오히려 그 편안함과 부담 없음이..
때로는 지루함이나 밋밋함으로..
느꼈을 때도 있을 수 있었겠지만..

그런 편안함으로 함께해준 평범함이..
사실은 진정 소중한 특별함이었음을..

그래도 내 삶의 가장 소중한 존재임을..
나를 지켜주는 가장 소중한 존재임을..

새롭지 않기에 오히려 더 소중하고..
변치 않기에 오히려 특별한 것이었음을..

그렇게 알게 될 때..
부담 없이 편안한 사람이..
결국은.. 진정 좋은 사람이고..

그 마음 변하지 않을 것임을 알기에..
그 고마움 때문에.. 더더욱..
좋아할 수밖에 없는 것이다.

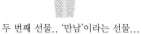

'소사나무' 분재처럼 정 깊은 사람..

– 언제나 생생한 푸르름으로 함께하는 정 깊은 사람...

오랫동안 키운 '소사나무' 분재가 있다.
처음 그 화분을 가져왔을 때는 참 설레었었다.

아침이면 눈에 담고 하루를 시작했고..
늘 잊지 않고 규칙적으로 물도 주었다.

그렇게 어느덧 십수년이 지나갔다.
분재라서 그런지 키가 더 많이 자라지도..
몸체가 더 커지지도 않고 별 차이가 없다.

그 때나 지금이나 변함이 거의 없는데..
예전만큼 설레임으로 바라보지 않게 되고..
물주기도 간혹 건너뛸 때가 있다.

하지만 예전 같은 설레임은 사라졌지만

지금 '소사나무' 분재를 보면..
믿음직스런 든든함과 깊은 정이 느껴진다.

긴 세월 물만으로 잘 살아내는 담대함에서..
늘 그대로 푸르름을 유지하는 순수함에서...

굳이 나무 가지를 넓히려하지도 않고
잎새를 무성히 늘리려고도 하시 않기에

더 높게 자라기를 기대하거나
더 커지지 않음에 실망할 수도 있겠지만

오히려 긴 세월 묵묵히 자신을 견뎌내며
그 모습 그대로이기에 더 든든히 느껴진다.

그동안 백여개가 넘는 화분을 키우며
결국 지금까지 내 곁에 남은 유일한 화분이
'소사분재'인 이유도 아마 그 때문일 것이다.

오랜 세월 함께하기에
소중함이 줄어들기 보다는...

'소사분재'의 한결같은 수수함과 담백함에서
이제는 '가족' 같은 깊은 정이 느껴진다.

그래서 말없는 소사나무에게 말을 걸고..
대답 없는 소사나무에게서 마음을 느낀다.
그리고 누군가에게 그런 사람이고 싶다.

'소사나무' 분재처럼 늘 생생한 푸르름으로
한결같이 함께하는 정 깊은 사람이고 싶다.

굳이 말하지 않아도 그 마음 느낄 수 있는 사람
항상 그곳에서 늘 같은 마음으로 반겨주는 사람

그래서 잘 견뎌가고 있구나..
우리 잘 살아내고 있구나.. 하며

서로 말없이 쓰다듬으며..
마음으로 통하는 사람으로..

단지 그 사람만으로도 좋은 사람..

– 언제 만나도 반가운.. 만나면 만날수록 더 좋은 사람...

완전한 사람이나 완전한 인생은 없지..
하지만 좋은 사람, 좋은 인생은 분명 있지..

그래서 완전한 사람, 완전한 인생을 원하면
거의 이룰 수 없겠지만..

좋은 사람, 좋은 인생을 살고 싶다면
누구든 그렇게 살기만 하면 되지..

그래서 나는..
그저 좋은 사람이 되려고 해..

단지 그리운 사람이 되려고 하고..
그냥 보고픈 사람이 되려고 해..

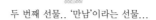

그 어떤 자리, 그 어떤 위치,
얼마만큼을 이룬 사람이기 보다는

그 무슨 일을 하고 있고, 무엇 때문에,
어떤 일로 만나는 사람이기 보다는

그저 왠지 그리운 사람
안 보면 보고픈 사람

문뜩 다시 만나고픈 사람
잊을만하면 떠오르는 사람

이유모를 그리움으로
가끔이라도 생각나는 사람

알 수 없는 보고픔으로
멀리 있어도 찾아가고픈 사람

그 누구보다 같이 있고 싶고,
그 무엇보다 단지 그 사람만으로도 좋은..

75

언제 만나도 반가운
만나면 만날수록 더 좋은

아무런 부담 없이 만나고
함께하면 마음 편안해지는

언제나 오래도록 한결같이
그런 좋은 사람이 되고 싶어..

그런 참 좋은 한 사람이고 싶어..
그래도 참 좋은 한 사람이고 싶어..

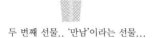

저 별이 너에게 말해줄 거야..

- 그 누군가에게 희망의 별로 다가가게 되는 거라고..

네가 혼자 걸을 때면 말해줄 거야
그때 비로소 말해줄 거야

상처 받은 그 마음을
저기 저 산이 안아 줄 거라고
못 다한 그 이야기를
저기 저 바다가 들어줄 거라고

그립고 보고픈 외로움을
저기 저 달이 보듬어 줄 거라고
조용히 흐르는 그 눈물을
저기 저 바람이 쓰다듬어 줄 거라고

오늘도 지친 그 하루를
저기 저 구름이 쉬어주게 할거라고

77

그렇게.. 그렇게.. 사는 거라고
그렇게.. 그렇게.. 견뎌가는 거라고

그렇지만 어느 새벽 깊은 날에는
별도 나 혼자 쓸쓸히 외롭게 뜬다고
깊디깊은 그 밤을 나 혼자 지샌다고

깊은 밤을 홀로 뜨는 별로 지켜도
그 누구도 봐주지 않을 때가 있다고

그래서 혼자 걷고 있는 그 사람을
혼자 쓸쓸히 걷고 있는 그 마음을
이미 알고 있었다고..

그렇기에 혼자 걷고 있는 너와 함께
똑같이 느끼고 있다고 말해 줄 거야

혼자 걷는 그 마음처럼
묵묵히 밤을 걷고 있다고 말해 줄 거야

그러다가 어느 순간

그 누군가에게 희망의 별로
다가가고 남겨지게 되는 거라고

그래서 혼자지만 괜찮은 거야
그렇기에 혼자라도 외롭지 않은 거야
그러하니 혼자라도 혼자가 아닌 거야

그렇게 너에게 말해줄 거야
저기 저 별이 말해줄 거야

착한 네가 혼자 걸을 때면..
나지막이 말해줄 거야..

당신의 새 길을 응원합니다.

– 지난 그 길을 걸었기에.. 더 새로운 선택을 할 수 있다고...

이렇게 될 줄 몰랐기에..
다시 저렇게 될 수도 있는 것입니다.

힘들었기에 다시 좋을 수도 있는 거고..
어려웠으니 이제 행복할 수 있는 것입니다.

세상은 의외로 뜻하지 않는 길로 걷게 되고..
삶은 전혀 뜻밖의 길로 사람을 이끌게도 됩니다.

지난 삶을 돌아보면..
원래의 계획대로 예상대로 순탄한 길을 왔을 때가
과연 얼마나 있었던가요.

삶을 더 길게 돌아보면..
십년 전 과연 내 자신이..

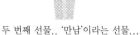
십년 후의 내 모습을 미리 예상하고..
과연 그 예상만큼 왔던 적이 있었던가요..

거의 뜻밖의 길을.. 뜻하지 않은 길을..
예상하지 못한 모습으로.. 예상 밖의 모습으로..
그렇게 걷게 되고.. 살게 되는 것이 우리 삶입니다.

그런 예상치 못한 길에는..
늘 삶의 선택의 순간이 있었고..

지금 당신이 이렇게 살고 있다는 것은..
그 선택의 순간에 옳은 길을.. 양심의 길을..
인간적인 길을.. 순수한 길을 선택했다는 것입니다,

쉬운 길을 편하게 걷는 길을 선택하기 보다는
어려운 길을 스스로 선택하고 힘겹게 걸어 왔기에
비록 늦었지만 옳은 길을 걸어온 당신..

당신의 그 길을 칭찬합니다.
당신이 걸어온 그 선택을 고마워합니다.

그 때 그 길을 선택했기에..
당신은 좀 더 어렵고 먼 길을 돌아 걸었지요..

자신만을 위해 쉬운 선택을 했던 사람들은..
더 편하고 좋은 상황에 처해 있지만..
그것을 부러워하고 탐내기 보다는..
스스로의 길을 묵묵히 걸었었지요.

조금 늦더라도,, 그 길이 옳기에..
비록 좀 더 힘든 것을 알지만..
당신은 스스로 힘든 길을 선택 했습니다.

하지만 당신은 말 합니다.
더 많이 힘들고 어려웠었기에..
오히려 그 속에서 더 많은 것들을 배우고..
더 소중한 삶의 의미를 느끼고 깨달았다고..

그런 힘든 선택을 하지 않았더라면..
더 소중한 경험들을.. 더 의미 있는 것들을..
더 좋은 사람들을.. 만나지는 못했을 것이라고..

그렇게 어려움을 겪게 된 대가로
더 많은 사람들을 만나.. 더 소중한 경험으로..
더 의미 있는 삶의 깨우침을 얻은 것이기에..

결국은 그리로 오게 된 것이고..
그런 선택을 했음을 오히려 고마워한다고..

비록 갈 길은 좀 더 늦어졌지만..
그래도 괜찮다고.. 그런 경험도 소중 했다고..

이제 다시 새로운 선택의 길에서..
만일, 다시 그런 선택을 해야 한다면..

이미 지난 그 길을 걸었기에..
이제는 더 큰 아쉬움 없이.. 미련 없이..
더 새로운 선택을 할 수가 있다고...

이제 다시 시작하는 지금..
지금까지의 길을 열심히 걸어왔고..
올바른 길로.. 좋은 마음으로 묵묵히 왔기에..
새로운 길도.. 묵묵히 열심히 가면 된다고..

앞으로도 지금껏 그랬듯이..
당당하고 열심히 그 길을 간다면..
그 길도 분명 좋은 길일 것이라고..

이제 그 선택에 행운이 함께하길 바랍니다.
이제 그 노력에 행복한 결실이 함께하길...

당신의 새로운 그 길을 축복합니다.
당신의 새로운 그 길을 응원합니다.

세 번째 선물..

'사랑'이라는 선물...

가만히 있어도 가슴 설레는 것은..

- 지금 외롭다면 사랑 하면 됩니다...

혼자 가만히 있는데도 마음이 흐뭇하다면..
당신은 지금 사랑하고 있는 것입니다..

혼자 가만히 있는데도 마음이 설렌다면..
당신은 분명 누군가를 사랑하고 있고..
누군가에게 사랑 받고 있다는 것입니다.

그래서 만약 그냥 혼자 가만히 있어도..
마음 흐뭇해지고 가슴 설레고 싶다면..
그 누군가와.. 그 무엇인가와.. 사랑을 하세요..

사랑하는 하는 그 순간만큼은..
사랑하는 그 사람을 떠올릴 때만큼은..
혼자 가만히 있어도 마음이 따스하고 훈훈합니다.

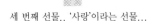

설령 지금 혼자 있다고 해도..
마음만으로도 나와 함께 하는 사람이 있기에..

내가 그 사람을 생각하는 만큼 나를 생각 하는 그 사람이..
마음으로도 나를 지켜주는 그 사람이..

지금 이 순간에도 나를 생각하며..
우리 아름답게 다시 만날 그날을 기다리며..
언제나 함께하고 있기에...

그러니 지금 외롭다면 사랑 하면 됩니다.
혼자가 슬프다면 사랑하면 됩니다.

세상에서 가장 소중한 그 삶의 날들에..
더 후회 없는 내 삶을 위하여..
더 아름다운 행복을 위하여..

여기 그렇게 살아가는 이유..

– 가만히 있어도 나를 흐뭇하게 만들어주는 당신이 있기에...

힘든 인생을 참으면서도 가만히 자식을 생각하면..
미음이 흐뭇해지는 어버니..

숨찬 오늘을 보내면서도 가만히 그 사람을 생각하면..
설레임에 젖어드는 사랑에 빠진 연인..

아픈 현실을 견디면서도 가만히 그 작품을 생각하면..
마음이 떨리는 순수한 예술가..

지친 지금을 버티면서도 가족을 생각하면..
힘이 솟는 직장인.. 자영업자.. 학생.. 군인.. 취업 희망자..

답답한 현실을 견디면서도 꿈과 희망을 생각하면..
결국 다시 일어나게 되는 꿈을 가진 모든 사람들..

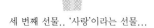
그 모두가 그 누군가와.. 그 무엇인가와..
사랑에 빠져 있는 것입니다..

그래서 요즘 마음이 흐뭇하지 않다면..
그 누군가와.. 그 무엇인가와..
사랑하지 않고 있는 것 일 수 있습니다.

지금이라도 살아감이 흐뭇해지고 싶다면..
사랑을 하세요.. 그 누군가와.. 그 무엇인가와..

나만의 사람이 되어도 좋고.. 내 꿈이 되어서 좋고..
나만의 작품이 되어서.. 내 삶의 희망이나 꿈도 좋고..
그냥 더 잘 먹고 잘 사는.. 욕심과 욕망이어도 좋습니다.

그렇게 나를 흐뭇하게 만들어 주는..
가만히 있어도 나를 흐뭇하게 만들어주는..

내가 사랑하는 무언가를..
나와 함께할 그 무언가와 사랑 하세요.

설령 그 사랑에 버림받고.. 그 희망에 무너질지라도..

그 꿈이 깨질지라도.. 그 소망이 이루어지지 않을지라도..
그래도 사랑 하세요.

비록 이루어지지 않을지라도..
다시 사랑하면 되지 거지요..

그렇게 사랑하면서.. 내 삶을 사랑하고 행복하고..
더 좋은 날들을 더 만들어가고.. 이렇게 견뎌내고..

이렇게 참아내고.. 이렇게 다시 만들어 가고..
이렇게 계속 이루어가면 되지요..

그래서 결국 후회 없는 삶..
끝내 행복한 나 자신의 삶..
세상에서 가장 소중한 내 삶을..
살아가면 되는 거지요.. 살아내면 되는 거지요..

단지 그것이 여기 그렇게 살아가는 이유이므로..
단지 그것이 우리 삶의 모든 것이므로...

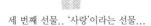

잘살고 있는 거니..

– 그래도 괜찮다.. 지나고 나면 그 사랑이 전부이기에..

간혹, 묻는다.
잘하고 있는 거니..
잘살고 있는 거니..

그저 그렇게 살다가 가는 것이..
그냥 사는 것이 사는 거라고 말하면서도..
무심결에 나는 나에게 묻는다.

후회하지 않는 삶을 살고 있는 거야..
나는 나의 삶을 사랑할 수 있는 거야..

비록 인생에서 지난 삶을 후회하는 것만큼..
부질없는 것이 없다고 해도..
정말 네 삶을 후회하지 않는 거야..

그렇게 묻는 나 자신에게..
어느 결에 또 다른 내가 나에게 답한다.

나는 너를 만났다.
나는 너를 볼 수 있다.
나는 너를 만질 수 있다.
너는 너와 함께 있다.

이것만으로도 나는 괜찮다.
단지 그것만으로도 내 삶은 소중하다.
결국 지나고 나면 그것이 전부인 것이다.

이렇게 내 삶을 믿고..
이것이 살아감의 가치라고 믿는다.
♥♥♥♥♥♥♥♥♥♥♥♥♥♥♥♥♥♥♥♥♥

살아보니 별거 없더라..
뭐 대단한 거 같이 보일수도 있지만..
실제로는 그리 대단한 것도 아니더라..

높이 올라간 사람도.. 많이 가진 사람도..

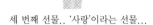

특별한 사람도 아니고.. 넉넉한 사람도 아니더라.

결국 내 손을 잡아주는 사람..

나와 함께 따스한 밥상을 나누는 사람..

내 말을 들어주고 나의 편에서 마주하는 사람..

결국 그거 이상으로 더 대단한 건 없더라..

단지 그것만으로도 내게 가장 소중하고 대단한 것..

나를 행복하게 해주는 건..

특별해서도 대단해서도 아니라..

단지 사람이 사람에게서 느끼는 감정에서..

서로를 감싸주고 안아주고 이해해주고 함께해주는..

그런 아주 평범한 배려와 사랑 속에서 행복해지는 것..

아무리 위선과 기만이 넘치는 세상사라해도..

사랑만큼 사람을 행복하게 하는 것도 없더라..

그때 열정적이었기에.. 지금 은은하게..

– 늘.. '사랑'하며 '살고 있다'는 그 자체가 가장 큰 의미다..

뜨거운 사랑만이 사랑이 아니고..
은은한 사랑도 사랑이다.

열정적인 삶만이 좋은 삶이 아니고..
잔잔히 음미하는 삶도 좋은 삶이다.

즉, 그 어떤 사랑도 멋진 사랑이고..
그 어떤 삶도 소중한 삶인 것이다.

간혹, 누군가를 좋아하거나.. 무언가를 좋아하면..
왜 좋아하는 마음을 적극적으로 표현하지 않는지 의아해 한다.

똑같이 좋아하는 사람이나.. 좋아하는 분야가 있어도..
20 ~ 30대 때는 아주 열정적으로 그 마음을 표현하고..

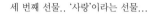
비록 진심으로 좋아해도..
나이가 좀 더 들면 좋아하는 표현을 자제하면서..
그 마음을 잔잔히 드러내고.. 진득하게 함께한다.

꼭 적극적으로 표현하지 않는다 해서..
좋아하는 마음이 없는 것이 아니다.

직접적인 표현을 하지 않더라도..
조용하지만 꾸준히 이해하며 함께하는 것도 사랑이다.

단지, 서로 그 상황이나 나이나 성격에 따라..
그 표현 방법이 서로 다를 뿐이다.

뜨겁지 않다고 해서 사랑이 없는 것이 아니고..
열정적이지 않다고 해서 좋아하는 마음이 부족한 것은 아니
다.

나이에 따라 그 나이에 더 잘 어울리는 표현법이 있다.
20대의 사랑이 열정이고.. 30대의 사랑이 진함이라면..
40대의 사랑은 부드러움이고 잔잔함이다.

그렇게 사랑의 표현 방법이 바뀌는 것이지..
사랑이 없어졌다거나 사랑이 변한 것은 아니다.

그러니 표현이 적다고 해서..
그 사랑을 오해하거나 착각하지말자.

그런 잔잔한 사랑을 느끼고..
그런 은은한 사랑을 인정하고..
그런 진실한 사랑을 알아주는 것도 사랑이다.

손벽도 마주쳐야 소리가 나는 법..
사랑하는 마음도 사랑이지만..
사랑하는 그 마음을 알아주고.. 고마워하는 것도 사랑이다.
사랑의 진심을 이해하고 함께해주는 것도 사랑이다.

어쩌면 표현이 부족한 그 사람이 사랑하지 않는 것이 아니
라..
사랑하는 그 마음을 표현이 부족하다고 몰라주는..
그 사람의 사랑이 부족한 것 일수도 있다.

내 삶의 행동 방식이 적극적이지 않다고 해서..

내가 내 삶을 사랑하지 않는 것이 아니라..

내가 내 삶을 사랑하는지 의구심을 갖고 있기에..
내 삶에 대한 사랑이 부족한 것 일수도 있다.

그 어떤 사랑 방식이든 장단점이 있을 수 있다.
그 어떤 삶의 방식이든 부족함이 있을 수 있다.

그렇기에 그 어떤 '방식'보다 더 중요한 것은..
늘.. 항상.. 언제나.. 앞으로도..
'사랑'하며 '살고 있다'는 그 자체이다.

삶의 의미가 무엇이냐 묻는다면..

– 오늘 함께함을 감사하고.. 오늘 마주하는 그 사람을 사랑하라...

삶의 의미는 찾는 것이 아니라..
늘 내게 나아오는 것이다.

그러니.. 꽃이 왜 피었느냐고 묻지 마라..
꽃이 진다고 슬퍼도 마라..

세월이 빠르다고도 한탄 말고..
세월이 지난다고 아쉬워도 마라..

그냥 그렇게 왔다 가는 것이고..
그냥 지나간다고 무의미 한 것만도 아니다.

찾는다고 찾아지는 것도 아니고..
못 찾는다고 괴로워할 일도 아니다.

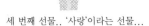

오늘 하루하루를 울고 웃으며..
온 마음으로 진실 되게 살다보면..

어느덧 존재의 의미가 온다. 그때 그렇게 알면 된다.
마치 풀잎에 맺힌 이슬이.. 물방울로 떨어지듯이..
깊고 깊어지면.. 샘물이 저절로 솟아나듯이..

굳이 찾지 않아도 다가오고.. 자연스레 깨닫게 되는 것이다.

결국 존재는 그 이유를.. 찾아야 하는 것이 아니라..
존재해야 할 그 이유가.. 스스로 다가오는 것이다.
오지 안 와도 어쩔 수 없다. 그냥 그것이 우리 삶이다.

단지 더 사랑하지 않았음을.. 아쉬워하고..
단지 더 사랑하지 못했음을.. 후회해라..

이렇게 태어났음으로.. 우리가 해야 할 유일한 책무는
오직 사랑 한가지뿐이기에..

오늘을 존재하며.. 내일의 나 자신에게도..
그래도 후회되지 않는.. 단 하나의 소중한 가치기에..

오직.. 그 사랑만이.. 나 살아감을.. 살아가고 있음을..
행복함으로 존재 시켜주는.. 가장 소중한 의미기에..

오늘에 존재함을 사랑하고..
오늘도 함께함을 사랑하고..
오늘을 마주하는 그 사람을 사랑하라..

누구나 외로워서 그래.,

- 그러니 단지 함께 걸어주면 되는 거야...

모두 다 외로워서 그래

그래서 남들에게 나를 인정받으려 하고

그렇게 내 존재를 보여주려 하는 거야

아직도 허전해서 그래

여기까지는 잘 온 것 같은데

여기까지만 왔으면 된 것 같은데

그래도 무언가 그것이 아닌 것 같아

자꾸만 돌아보고 서성이고 있지

여전히 그리워서 그래

만나자는 말이 없어도 연락하게 되고

보고 싶다는 이야기가 없어도 편지를 쓰지

결국 다 외로워서 그래

인생이라는 선물

그 외로움을 떨쳐 버리려 더 열심히 달리지
그 외로움을 잊으려 아무렇지 않은 척도 하지

비록 나만의 인생이지만
나 혼자서는 행복함을 느낄 수 없기에
혼자가 아닌 함께임을 확인 받고 싶어 하지

그깃이 아닌 칙해도 외로움을 삼낭하기 싫어서
늘 사람들 속에 함께하는 특별한 존재이려 하지

더 성공하려하는 것도
더 많은 재물을 갖고 싶어 하는 것도
언제나 누군가가 내 곁에 있기를 바라서 그래

외롭지 않은 나를 확인하고 싶어
그렇게 성공을 위해 열심히 살아가지만
그래도 그 외로움은 어쩔 수 없어서
참고 참다가 먼저 연락하는 거야

허전함을 견디고 견디다가
연락도 안하냐고 서운하다 말하는 거야

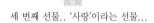

그래 단지 외로워서 그런 거야
오늘도 문득 외로워서 그런 것뿐이야

그러니 외롭지 않다고 느끼게 해주는 사람
비록 외로운 것이 인생이지만
외롭지 않다고 인정해주는 사람

외롭다는 그 마음을 이해하기에
외로움 어루만지며 함께해 주는 사람 있으면
그것으로도 인생은 또 그럭저럭 괜찮은 거지

비 오는 밤,
손잡고 함께 걸을 수 있는 사람 있으면..

이런 외로운 날,
외롭다고 말 할 수 있는 사람 있으면..
그래서 함께 마주해주는 사람 있으면..

모두 다 외롭지만
그래도 덜 외로운 사람으로
덜 외롭게 살아갈 수 있는 거야

인생이라는 선물

그 사람도 단지 외로워서 그랬던 거야
그 사람도 외로운 사람이기에 그런 거야

그러니 이해해주고 함께해줘..
이렇게 비 오는 날일수록..
이렇게 그리운 날일수록..

그래...
다 외로워서 그래..
다 외로워서 그런 거라고..

누구나 살아가는 건 외로운 거니까..
그러니 단지 함께 걸어주면 되는 거야..

세 번째 선물.. '사랑'이라는 선물...

모두가 아는 인생의 비밀..

– 하지만 대부분 잊고 사는 인생의 비밀...

누구나 알게 되는 비밀이 있지
해와 달이 아무런 이유 없이 뜨고 지듯이
아무리 고운 꽃도 언젠가 져버린다는 것을

우리 삶의 날들도
매일매일 줄어들고 있다는 것을
그 누구든 떠나게 된다는 것을

그렇지만 우리는 잊고 지내지
아니, 일부러 잊고 지내려 하기도 하지

결국 모두 다 떠나가건만
영원히 살 것처럼 넘쳐나는 욕심에 집착하지

다 쓰지도 못할 것들을 채우려고만 하다가

어이없이, 준비 없이 떠나가게 되지

오늘도 무엇을 위해 살고 있는 가
지금까지 이루기 위해 달려 왔지만..
어차피 두고 가야할 것들이기에..

그래도 조금 더 남겨지고 기억 되는 건
더 가졌디는 깃 보다는 너 나누어수었다는 것
더 높이 올랐다는 것 보다는 더 베풀었다는 것
더 이루었다는 것 보다는 더 사랑 했었다는 것

그렇기에 우리 인생의 완성은
떠나갈 때 비로소 더 큰 결실로 나타나는 것

이제라도 그 어떤 삶도 떠나감을 기억하고
더 많이 갖고 더 높이 오르고픈 마음만큼..
그나마 덜 아쉽고 덜 후회되는 삶을 위해..

좀 더 나누고.. 좀 더 베풀고..
좀 더 사랑하며 살아야겠지..

이것이 모두가 아는 인생의 비밀..

그러나 대부분 잊고 사는 인생의 비밀..

또 다른 '지구'가 있건 없건..

– 온 우주에 유일한 사람이기에.. 사랑하고 있다는 것만으로도..

우주에 또 다른 지구가 있건 없건
그리 대단지 않다.

현재 확실히 알고 있는 사실은
아직까지 사람이 살고 있는 별은
오직 지구 하나 뿐이라는 것

그래서 사람을 만날 수 있는 곳은 지구뿐이고,
그런 단 하나뿐인 유일한 생명의 별 지구에서
한 사람을 만난다는 건 어마어마한 일이다.

수십억명의 사람이 살지만
그 수십억명중에 한 사람이
지금 나와 함께하고 있다는 건
정말 대단한 일이다.

내 편으로 내 마음 알아주는 단 한사람
우주의 중심에서 저 끝까지 함께할 단 한사람

세상에 또 다른 사람이 있건 없건
가장 특별한 의미가 되어주는 단 한사람

수십억개가 넘는 별들 속에서
단 하나뿐인 생명의 별 이 지구에서

또다시 수십억명의 사람들 중에서
나를 이해해주고 사랑해준다는 것
영원히 단 한사람으로 함께 있다는 것

이 사실 보다 더 중요한 것이 어디 있을까
이 사실 보다 더 위대한 것이 어디 있을까

그래서 단 한사람으로 사랑 받는다는 것은
참으로 위대한 것이다.

수십억 중에 또 수십억 중에 단 하나뿐기에
이미 그 자체로 위대한 것이다.

이미 위대한 것인데..
무엇을 더 위대해지지 못해
괴로워하고 욕심내고 대단하려 하는가.

오늘도 태양은 떴고 여전히 살아가고 있다면..
수십억명의 사람 중에 단 한사람으로
사랑하며 함께 하고 있다면..

그렇게 이 우주의 한가운데에서도
위대한 살아감을 살고 있는 것이다.

아주 대단한 단 한 사람으로
소중한 삶을 살고 있는 것이다.

또 다른 '지구'가 있건 없건..
사랑하는 그 삶은 위대하다.

온 우주에 유일한 사람이기에..
이미 그것으로도 그 삶은 위대하다.

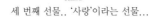

따끈한 '집밥'이 먹고 싶은 건..

- 가장 편안하고 소중했던 행복의 시간...

늘은 저녁,
따끈한 집밥이 먹고 싶다던
어느 선배의 말이 오래도록 기억난다.

금방 지은 하얀 쌀밥이 먹고 싶다던
그 마음을 이제는 나도 알 것 같다.

갓지어 김이 모락모락 피어나는
따뜻한 하얀 쌀밥에

두부를 듬성듬성 넣고 끓인 된장찌개
새로 꺼내어 썰어 담은 김치 한 접시

이렇게 따끈한 쌀밥 한 공기에
집에 있던 반찬 몇 가지로만

작은 밥상에 차려낸 집밥 한상

소박한 상차림이지만
그 어디서도 느낄 수 없이
오직 집밥에서만 느껴지는 편안함

소복하게 담은 하얀 쌀밥만큼
포근하게 남긴 어머니 사랑

따끈하게 끓고 있는 된장찌개처럼
따스하게 덥힌 어머니 정성

그 다정함에 전해지는 어머니 맘
그 훈훈함에 느껴지는 어머니 정

그래서 따끈한 집밥 한 그릇은
잊을 수 없는 어머니에 대한 그리움
늘 사랑하는 그 사람에 대한 그리움

아주 오래도록 기억 될 만큼
가장 편안하고 소중했던 행복의 시간

그래서 언제나 생각나는 따끈한 '집밥'..
평생을 먹고 싶은 어머니의 '집밥' 한 그릇..

오늘은 유난히 더
따끈한 '집밥'이 먹고 싶다..

이제는 더 이상..
그 집밥을 차려줄 어머니도 안계신데....

중년의 사랑법..

– 그 누구든.. 그 무엇이든 더 사랑을 하면 된다...

중년이 외로운 건 사랑이 없기 때문이다.
서기서 보는 것이 시작된다.

세상에 크게 이루어 놓은 것도 없고
스스로의 꿈을 이룬 것도 아니다.

대단한 명예를 얻은 것도 아니고
사업에 성공해 큰돈을 번 것도 아니다.

꿈은 점점 희미해지고..
성공의 희망은 자꾸 멀어져만 간다.

이제 남은 건 가족과 인간관계뿐이고..
결국 자신의 삶을 인정받을 수 있는 건

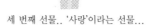

그래도 열심히 살았고.. 묵묵히 헌신하며 살았고..
사랑하는 사람들과 사랑하며 살았다는..
자기 위안 같은 자부심 정도다.

결국 중년에 남겨진 건 가족들이나..
그동안 인간관계를 맺은 사람들과 아직 사랑하며 산다는 한
가지뿐인데..

그 사랑마저도 부정 될 때.. 그 사랑마저도 자신을 떠나갈 때..
중년의 외로움과 쓸쓸함이 시작된다.

그나마 사랑이라도 지켰으면.. 삶이 덜 외롭고 덜 쓸쓸하고..
마음에 위로가 되고 의지가 되는데..

사랑조차 멀어져 가기에..
중년의 삶이 외롭고 쓸쓸해지고.. 뒤늦은 중년의 방황을 하
게 된다.

그리고 끝내 그런 허전함이나 외로움, 쓸쓸함을 참지 못 참고
별거를 하거나 이혼을 하기도 한다.

차마 가족이라는 관계까지 내려놓지 못할 경우에는..
그림자 부부로 겨우 그 틀만을 유지 한다.

결국 사랑이 없는 가족 관계를 더 이상 억지로 유지하는 것
이 싫어서
서로에게 돌아서고 혼자가 되는 것이다.

애초부터 혼사이거나 이미 혼자인 경우는 그런 관계 자체를
아예 피하기만 한다.

이 모두가 사랑이 멀어졌기 때문이다.
이제는 사랑을 잃어 버렸기 때문이고..
더 이상 사랑이 없기 때문이다.

그래서 해결책도 거기에 있다.
다시 사랑하면 된다.

하지만 안타깝게도 억지로 매달린다고 없던 사랑이 생기는
것이 아니다.

아무리 사랑을 구걸 한다고 해도 사랑의 감정이 생겨나는 것

도 아니고..

이미 멋진 남자로 보이지 않고..

이미 매력적인 여자로 보이지 않기에..

서로를 그저 경제적 공동체..

억지 관계를 유지할 수밖에 없는.. 가족 공동체라는 끈으로 묶여져..

단지 아이 아빠.. 아이 엄마.. 로만 서로의 역할을 한정하고 있기에..

그렇게라도 가족 관계를 지키려고..

더 이상 사랑이 느껴지지 않은 사람과

허울만 함께하는 삶을 살고 있기에

삶이 너무 외롭고 쓸쓸한 것이다.

그래서 같이 살아도 외롭고 허전한 것이고..

따로 있으면 따로 있기에 또 외롭고 허전한 것이다.

그것이 바로 중년 외로움의 본질이다.

그 외로움을 다른 무언가로 채운다는 것도 쉽지는 않다.

갑자기 크게 성공을 하기도 어렵고..
어느 날 출세를 하거나.. 자기 꿈을 이루어..
삶에 만족감을 얻기란 너무 어렵다.

설령 성공을 한다고 해도.. 삶이 외롭지 않은 것은 아니다.
결국.. 중년의 외로움을 견디는 방법은
다시 사랑하는 것뿐이다.

마음을 나눌 사람이나.. 마음을 나누는 무언가가 필요하다.

그래서 중년의 사랑 법이란..
뜨거운 불같은 감정이나 열정보다..

그런 외로운 마음을 어루만져 주고
허전한 마음을 따스하게 감싸 주고
혼자가 아니라고 느껴지게 하는 잔잔한 사랑이다.

그저 포근히 안아주고 편안히 감싸주며..
아직도 사랑하고 있구나.. 지금도 사랑할 수 있구나..
여전히 사랑받을 수 있구나..라고
느껴질 수 있는 그런 마음을 나누는 사랑이다.

그것이 바로 중년의 사랑이고..

중년을 덜 외롭게 살아가는 것이다.

만약, 당신의 중년이 외롭거든 사랑을 하면 된다.

그 누구든.. 그 무엇이든 더 사랑을 하면 된다.

'중년의 사랑'이란 바로 그런 의미다.

인생이라
는 선물

네 번째 선물..

'희망'이라는 선물...

다시 시작하는 오늘

– 어찌 다시 시작하지 않을 수 있겠는가..

1. 기다리고 있는 내일이 있는데..
어찌 다시 시작하지 않을 수 있겠는가..

아직 내일은 여전히 희망으로 나를 기다리고 있기에..
나는 오늘 다시 시작해야 한다.

오늘을 포기하지 않는다면..
내일은 영원히 나를 기다리고 있기에..

비록 지금 내 자신이 부족해도..
아직 내일이 남았다는 것만으로도..

분명 내 인생에..
해야 할 일이 남아 있다는 것이고..
해낼 수 있는 일이 남아 있다는 것이기에..

다시 시작하는 오늘..
내 삶에 대한 굳은 믿음으로..

아직 희망은 남아 있다는 더 큰 용기로..
빛나는 내일을 향해 새로이 길을 나선다.

2. 믿어주고 있는 당신이 있는데..
어찌 다시 시작하지 않을 수 있겠는가..

지친 몸으로 돌아왔을 때에도 당신은 말했었지..
그래도 괜찮다고.. 분명 할 수 있을 거라고..
너무 걱정하지 말고 힘내라고..

내가 실패할 때도 당신은 말했었지..
멋진 꿈은 쉽게 이루어지지 않는다고..

쉽지 않는 꿈을 꾼다는 걸 알면서도..
그 꿈을 포기하지 말라며..
함께 그 꿈을 지켜온 당신..

여전히 당신을 믿는다고..

다시 시작 해보자고..

그렇게 간절한 눈빛으로 나를 바라보며..
그래도 믿는다며.. 기다린다며.. 사랑한다며..
위로 해주고 지켜주었던 고마운 당신..

그런 당신을 위해서라도..
소중한 꿈을 향해 오늘 다시 시작한다.

3. 이렇게.. 믿어주고.. 기다려주는..
소중한 존재들이 나와 함께 하는데..

어찌 다시 시작하지 않을 수 있겠는가..
어찌 다시 시작하지 않겠는가..

그래 괜찮다.. 다시 시작해 보자.
아직 다시 시작해도 된다.

그렇게 다시 시작하는 거다.
오늘, 다시 시작하는 거다.

이것조차 내 소중한 살아감의 날들인 것을..

– 끝내 피어나니까 꽃이고.. 그렇게 살아가기에 꽃인 것을...

바람이 지나며 말했다.

"홀로 핀 너는.. 저기 무더기로 피어있는 꽃들보다
꽃잎은 너무 적고.. 향기도 옅고.. 꽃대도 약하다고..
나비도 모이지 않는 못난 꽃이라고 주위에서 수근 거려.."

하지만 이제 홀로 핀 그 꽃은 알고 있었다.
바람이 전하는 말에 마음 아파할 필요 없다는 것을..

꽃잎이 많으면 많다고.. 적으면 적다고..
향기가 진하면 진하다고.. 옅으면 옅다고..
수근 거릴 것임을 알기에..

시기심 많은 그 바람은..
예쁜 꽃은 예뻐서 밉고.. 착한 꽃은 착해서 미워..

이래 피어도.. 저래 피어도.. 질투에 찬바람을 전할 것이므로..

남들의 수근거림에 마음 아파했던 긴 세월..
지나고 보니 그 시간들은..

그들의 시기심과 위선을 채워주기 위해..
소중한 내 삶의 시간들을 허비했던 무의미한 순간이었나.

그래...
남에 인생을 위해.. 내 인생을 허비하지 말아야지..
남들을 만족 시켜주려 내 삶을 휘둘리지 말아야지..

이제부터라도 더 나 자신을 위해 살아야지..
이제부터라도 더 오늘의 행복을 위해 살고..
이제부터라도 더 나의 꿈과 미래를 위해 살아야지..

웃으며 살고.. 즐겁게 살고..
행복하게 살기에도 아까운 인생인데..
사랑하는 사람 손 붙잡고 살고..
하루하루 더 마음 편히 소중하게 살아야지..

홀로 피면 어떻고.. 향기가 옅으면 어떠한가..

꽃대가 약하면 어떻고.. 나비가 모이지 않으면 어떠한가..

이렇게 피어난 것을 어쩔 건가.. 혼자 피어난 것을 어쩔 건가..

끝내 피어나니까 꽃이고.. 그렇게 살아가기에 꽃인 것을..

그래서 세상 그 어떤 꽃도.. 아름답고 소중한 꽃인 것을..

그래서 더 착하게 살아가는..

이런 꽃으로 피어난 것을 어쩔 건가..

이것조차 내 몫인 것을..

이것조차 내 소중한 살아감의 날들인 것을..

혼자서도 꽃은 핀다..

– 세상 그 어떤 꽃도.. 아름답고 소중한 꽃이다...

누구 하나 봐주는 사람이 없어도 꽃은 핀다.

그렇게 홀로 피어도
꽃은 슬픈 얼굴을 보이지 않는다.
그래서 꽃은 꽃이다.

홀로 피어도 꽃이고..
함께 피어도 꽃이다.

꽃잎이 떨어져도 꽃이고..
꽃잎이 그득해도 꽃이다.
그래서 꽃은 꽃이다.

낮에 피어도 꽃이고.. 밤에 피어도 꽃이다.
봄에 피어도 꽃이고.. 가을에 피어도 꽃이다.

그래서 꽃은 꽃이다.

그래서 예쁜 꽃도 꽃이고.. 낮게 핀 꽃도 꽃이다.
끝내 피어나니까 꽃이고.. 그렇게 살아가기에 꽃이다.

그래서 세상 그 어떤 꽃도..
아름답고 소중한 꽃이다.

여전히 별을 따는 소년

– 그저 하늘에 별들이 여전히 빛나고 있으니까..

저 하늘 끝에 별이 있다고 믿었지..

그래서 포기하지 않고 저 별을 찾아간다면..

저 하늘 끝까지 가게 되면..

저 별을 만날 수 있을 거라고..

그렇게 나도 별이 될 거라고 믿었었지..

그러나 별을 만나지도 못했고..

별이 되지도 못했지..

결국 긴 세월 홀로 외롭게 별을 찾아 걸었을 뿐이지..

이미 30년 넘게 저 별을 보며 걸었을 뿐이지..

아직도 별을 만나지도..

별을 따지도 못했고..

나를 만나지도 나를 찾지도 못했기에..

어느 날은 저 별에게 물었어..

별을 따라 온 내 인생이 정말 옳은 거냐고..
별을 향해 걸어 온 이 길이 정말 맞는 거냐고..

긴 세월 단 한 번도 별을 따지도 못하고..
별을 만나지도 못했는데..
별을 찾아 왔던 내 인생은..
도대체 어디에서 찾아야 하고..
무엇으로 행복해야 하냐고..

정녕 내가 걸어온 시간들은..
걸어갈 시간들은.. 괜찮은 거냐고..

언제나 그렇듯 저 별은 아무말이 없더군..
하긴 저 별이 나를 부른적도..
나를 기다리고 말했던 적도 없으니..
아무 대답이 없을만도 하지..

하긴 부른적도, 오라고 한적도 없는 곳을 향해..
무작정 길을 나선건 나였으니까..
그것이 내가 걸어온 길이니까..

하지만 아쉬움은 있을지라도..
후회는 없어..

그래서 여전히 별을 찾는 소년으로..
저 별을 향해 나 혼자 걷고 있어..

저 별이 실제로 거기에 있는지도 모른체..
저 별이 정말 별이 맞는지도 모른체..

단지 저 하늘에 별들이 여전히 빛나고 있으니까..
아직 저 하늘에 별들은 지금도 빛나고 있으니까..

그렇게 저 별들은 여전히 희망이기에..
언제나 저 별들은 영원한 꿈이기에..

별을 따던 소년은.. 여전히 철부지 소년으로..
아직도 따지 못한 별을 향해 지금도 걷고 있어..

소년에게만 빛나는 별이고..
소년에게만 보이는 저 별이지만..
그래도 저 별을 향해.. 그렇게 홀로 걷고 있어..

♥ ♥

별을 바라보던 소년은..
어른이 되어서도 여전히 별을 찾아 헤매었지..

긴 세월 지나서 알게 되었지..
얼마나 무모한 도전을 했고..
얼마나 억지스런 꿈을 꾸었는지를..

몇 번이나 힘들고 지쳐 쓰러질 때 마다..
그래도 믿었었지..

이렇게 끝내 포기하지 않고 저 별을 향해 가면..
언젠간 나의 별을 만나고..

그 별에 자유와 행복의 땅이 있을 거라고..
그런 나만의 평화의 땅을 만날 거라고..

그러나 저 별을 만나지도 못했고...
그런 평화의 땅은 단 한 뼘도 생기지 않았어..

결국 소년이 걸어온 길은 실패한거였고..
소년이 찾아온 길은 허황된 꿈 일수도 있었던 거야..

세상 어디에도..
아니, 최소한 소년이 아는 그 어디에도..
그런 자유와 행복과 평화의 땅은 없었던 거야..

실국 서 별을 향한 길에 행복은 없고..
힘겨움과 아픔과 외로움만이 남은 거지..

하지만 후회하지는 않아..
아니, 후회할 수도 없어.. 이미 걸어온 길이니까..
본인 스스로 선택해 걸어온 길이니까..

그래도 그 인생길은 비겁하지 않았고..
당당하고 떳떳하니까..

최소한 소년 자신에게 만큼은..
그리고 함께 했던 사람들에게 만큼은 당당한 길이었으니까..

그 누군가에게도 아픔이 되지 않고..

눈물 흘리게 하지 않았으니까..
그래도 웃음이 되어주고.. 편함이 되어주었으니까..
내 힘겨움을 감수해서라도.. 희망과 위로가 되었으니까..

어느 상황, 어떤 순간에라도 따뜻한 손을 내밀어..
함께함이 되어주고 토닥임이 되어 주었으니까..

그래.. 그래서 괜찮다..
비록 뒤돌아 수없이 아프고 힘들지만..
아무리 스스로를 달래도 아픈 것은 어쩔 수 없지만..

그래도 한사람으로 힘들고 서러운 것은 어쩔 수 없지만..
그래도 그 삶을 후회하지는 않겠다..

원래 사는 것이 그런 거니까..
그것조차 삶이니까..

봄의 들녘에 희망을 심는다..

— 그냥 그리로 가면 된다. 희망과 행복이 기다리고 있기에...

봄의 들녘을 걸었다.
겨울의 흔적은 지워 졌지만..
아직도 여전히 바람은 차고 냇물은 시리다.

봄은 왔지만 아직 봄이 아니라는 말처럼..
이제 겨우 봄이 시작 되고 있는 거지..
완연한 봄은 아니다.

그렇다.
지금은 진짜 봄으로 가는 과정일 뿐이지..
봄의 완성은 아니다.

그러니..
차가운 바람을.. 시린 냇물을..
피지 않은 꽃망울을.. 움츠린 날개 짓을..

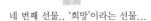
너무 아쉬워하지는 말자.

이제 밭갈이를 시작 할 뿐이다.

아직 씨도 뿌리지 않았다.

아직 새순이 돋아나지도 않았다.

아직 겨울잠에서 모두 깨어난 것도 아닌데..

무엇을 그리 답답해하는 가..

겨울의 끝을 지나서.. 봄의 시작일 뿐이기에..

이제 씨를 뿌려야 하고.. 그 다음에 꽃이 피고..

열매를 맺고.. 풍성하게 익어가게 될 것이다.

그렇기에..

걱정하지 말고.. 두려워하지 말고..

그냥 그대로 하는 대로 하면 된다.

그동안 너무 긴 겨울을 길을 걸은 거다.

무척이나 오래도록 추운 겨울을 견뎠기에..

찬바람도 덜해졌고.. 냇가의 얼음도 모두 녹았는데..

아직도 너무 춥게 느끼고 있는 거다.

그래서 봄이 시작 되었는데도 불구하고..
봄기운이 올라오는 들녘의 맑은 바람조차도..
차갑게 느끼고 있는 거다.

하지만 이미 겨울을 지났기에.. 남은 것은..
시작되는 봄을 지나.. 여름과 가을뿐이다.

남은 것은 오직.. 봄의 희망과..
여름의 화려함과 가을의 행복뿐이다.

햇볕 따스한 5월을 지나..
따스함을 넘어 짙푸르게 화려한 여름이 오고..
풍성함으로 흐뭇한 가을이 올 것이 분명하니..
걱정하고 두려워하기 보다는 희망을 심으면 된다.

분명 우거진 숲과 푸른 들녘의 화려함을 만끽할 날들이 온
다.
뿌려진 봄의 씨앗을 풍성하게 거두어낼 행복의 계절이 온다.

이미 너무도 시린 겨울을 견뎌냈기에..
저 햇살만으로도 더 따스하게 느낄 수 있고..

저 푸르른 하늘과 맑은 바람을 더 상쾌해하고..
짙푸른 녹음으로 울창한 저 산하를 더더욱 행복함으로..
만끽할 그날이 온다.

그렇기에..
그냥 그대로 가는 대로 가면 된다.
걱정하지 말고.. 두려워하지 말고..
그냥 그리로 가면 된다.

가고 싶은 길이 있다면.. 가봐야지..

– 차라리 하고 싶은 것이라도 해봤더라면...

갈까 말까를 망설이기만 하다가
해 보지도 못하고 포기하지 말고
가고 싶은 곳이 있으면 가봐야지

인생의 도전이라는 것이
해도 후회 안 해도 후회라면
차라리 해보고 후회 하는 것이 낫지

할까 말까를 망설이다가
될까 말까에 주저하다가
결국 쭈뼛쭈뼛 거리며 여기까지 왔지

결국 여기에 오려고, 겨우 이만큼 하려고,
고작 이렇게 살려고 그렇게 망설이고 후회했는지
그리도 주저하고 고민했는지

번민과 망설임 끝에 못하고 안 했었건만
이렇게 제 자리를 맴돌고 있었던 것일 뿐

결국 후회만 남을 인생에
후회에 더해 아쉬움까지 함께 남았네..

이럴 바에는 하고 싶은 거라도 해봤더라면
차라리 덜 후회 됐을지도 모를 텐데

하고 싶은 거라도 했더라면
오히려 더 나았을 수도 있었을 텐데

이제 하고 싶은 것이 있을 때는 해봐야지
하고 싶은 건 하고.. 가고 싶은 길은 가봐야지

참고 주저한들 거기서 거기고
오십보백보 차이인 것을

잘되면 얼마나 더 잘되고
성공한다면 얼마나 더 성공하고
그렇게 후회하고 망설였던 가

이제 주저하지만 말고
내 마음 가는 대로 가봐야지
갈 길이 있다면 그냥 가봐야지

일단 도전해 보고 시작해 보는 거지
후회는 남길지언정
미련은 남기지 말아야지

그렇게 해야 할 것이 있다면
그냥 해봐야지
그렇게 가야 할 길이 있다면
그냥 가봐야지

♥ ♥ ♥ ♥ ♥ ♥ ♥ ♥ ♥ ♥ ♥ ♥ ♥ ♥ ♥ ♥ ♥ ♥ ♥ ♥

지난 인생을 돌아보면.. 그 어떤 선택의 갈림길에서..
또 다른 기회가 생겼을 때.. 새롭게 도전할 수 있는 일이 있
었을 때..

혹시 잘못 되지 않을까 하는 두려움에
혹시나 실패 할까 하는 걱정에 늘 선택을 망설이고 주저하다가

그나마 가장 안정적이라고 생각되는 선택을 했지만
결국 아쉬움만 남은 인생인 것 같다.

이럴 바에는 차라리 하고 싶은 거라도 해봤더라면..
가고 싶은 길을 가보고.. 하고 싶은 일을 해봤더라면..

내 마음이 시키는 삶을 살았더라면..
오히려 후회도 미련도 덜했을 텐데 하는 아쉬움이 남는다.

그동안 인생의 선택의 순간에 할까 말까 망설이고 주저하다
가
그만 둔 것이 과연 잘한 선택인가를 물었을 때..

그래도 하는 것이 더 나았을 것이라는 생각이 들게 될 것이
다.

그 길을 걸을 때는 모르겠지만...

- 내가 가는 이 길이 새 길이 되어.. 누군가도 이 길을...

긴 밤을 헤매는 동안에는
그 누구도 자신이 새벽에 가까워서야 떠오르는
빛나는 샛별이 될 줄은 모른다.

가시 넝쿨 속을 헤매 일 때는
그 누구도 자신이 장미꽃밭 속에서도 돋보이는
화려한 호랑나비가 될 줄은 모른다.

세찬 소나기를 맞는 동안에는
그 누구도 자신이 가을이 다가 와서야 활짝 피는
해맑은 해바라기 꽃인 줄은 모른다.

찬 서리를 견디는 동안에는
그 누구도 자신이 함박눈에서도 푸르름이 아름다운
고귀한 낙락장송이 될 줄은 모른다.

거친 황톳길을 나 홀로 걸을 때는
그 누구도 자신이 소금처럼 흘린 외로움의 눈물이
시가 되고 노래가 되고 갈 길이 되어
또 다른 누군가에게 위로가 될 줄은 모른다.

긴 밤 외로움을 견디는 등대처럼
그 쓸쓸한 고독의 시간들이
어둠의 바다를 헤매는 밤배들을 지켜 주듯.. ..

칠 흙 같은 어둠을 은은히 밝혀주면서도
사람들의 소원을 조용히 들어주는 저 보름달처럼..
그런 다정한 위로와 고마운 힘이 되어줄지도 모른다.

그 길을 걸을 때는 모르겠지만...
지금 걷고 있는 그 외롭고 힘든 여정이..
그 누군가에게는 가슴을 울리는 감동이 되고..
가슴에 새겨지는 희망이 될 것임을 자신만 모른다.

그래서 먼 길을 홀로 걷는다고..
긴 밤을 혼자 견딘다고.. 너무 서러워하지 말자..

인생이라는 선물

서러워하더라도 눈물 흘리지 말자..
눈물 흘리더라도 포기하지는 말자..

그 외롭고 힘겨운 시간들이..
나만의 나의 길을 만들고..
내가 가는 그 길이 새 길이 되어..
세상 누군가도 나의 길을 걷게 되는 것임을..

그 길을 걸을 때는 모르겠지만...
그 길을 걸을 때는 아직 모르겠지만...

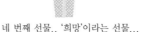

내일은 더 좋은 날이 될 것이다.

– 꿈을 갖고 있는 것만으로도.. 그런 헛된 꿈조차 꾸지 않았으면...

어느 날 문득..
그동안 너무 헛된 꿈을 꾸었다는 생각이 들었다.
헛된 꿈으로 인생의 소중한 시간을 낭비한 것 같았다.

근 10년 넘는 세월을 그 헛된 꿈 때문에 잃어버렸다는 생각..
이젠 되돌릴 수도 없는 세월을 바보같이 흘려보냈다는 생
각..

그러나 돌이켜 보면 그 꿈 자체가 헛된 꿈이 아니라
어쩌면 꿈이란 건 원래 그런 것이다.

쉽게 닿을 수 없기에..
함부로 이룰 수 없기에.. 꿈이 아니던가..
단지 그런 꿈을 꾸었을 뿐이다.

저 높이 있기에 별이고..
저 멀리 있기에 꿈이었던 것인데..
그 꿈을 너무 쉽게 이루려 했던 것뿐이다.

그렇기에 꿈에 이르지 못했다고..
재능이 부족하다고.. 노력이 부족했다고..
원망할 필요도 후회할 필요도 없는 것이다.

오히려 그 헛된 꿈 덕분에
희망 없는 세월을 희망으로 견딜 수 있었으니까..

오아시스 없는 사막을 걷는 건 얼마나 고통스러운 일인가..
달이 뜨지 않는 밤을 혼자 견디는 건 얼마나 고독한 일인가..
봄이 없는 겨울을 참아내는 건 얼마나 혹독한 힘겨움인가..

그래서 그 꿈이 이루어지지 건.. 이루어지지 않건 간에..

따뜻한 희망의 봄 햇살이 되어 주고..
어두운 밤 밝게 비춰주는 달님이 되어주고..

빛나는 별빛으로 꿈의 길잡이가 되어 주고..

사막을 견디게 해준 푸른 오아시스의 샘물처럼..

인생의 길을 견디게 해준 꿈이 있었기에..
긴 고독과 외로움의 시간을 견딜 수 있었던 것이다.

이제는 그 꿈이 이루어지지 않는다 해도..
헛된 꿈이라고 말하지 않겠다.

간절한 꿈이라면 그 어떤 꿈이라도
헛되지 않은 꿈이라고 말하고 싶다.

설령 이룰 수 없는 꿈일지언정
세상 모든 꿈은 소중하다고 말하고 싶다.

그런 헛된 꿈조차 꿈꾸지 않으면
아무 희망도 없는 절망의 삶은 아니던가..

아직 내일의 멋진 꿈을 꾸기에
초라한 오늘이 빛나는 내일로 변할 것이며..
막연한 내일이 희망의 내일이 될 것이다.

그렇기에..
내일은 더 좋은 날이 될 것이다.

꿈을 갖고 있는 것만으로도..
꿈이라는 존재만으로도..

비록 오늘은 힘들었을지라도..
새롭게 다가오는 꿈꾸는 내일은..
분명 더 좋은 날이 될 것이다.

언제나 푸르게 살아가고 있음에..

– 묵묵히 한길을 걸었다면.. '옳음'으로 믿으면 된다...

온 산에 꽃핀 날..
내 뜰에만 꽃 피지 않았음을 서러워마라.

오늘 꽃피지 않았기에..
내일 더 소중히 꽃필 수 있기에..

아직 꽃피지 않았기에..
새로 더 곱게 꽃필 수 있기에..

모두가 꽃 피었다고 좋아할 때
혼자 꽃 피지 않은 꽃밭을 바라보면..

빛나는 햇살도 눈물로 번지고..
화사한 그 꽃잎도 아픈 회한이지만..
그래도 울지 마라.. 서러워 마라..

이번에 꽃피지 않았기에...
다음에는 저 앞뜰에 더 화사하게
맑고 밝은 새 꽃이 피어날 거다.

그러니 울지 마라.. 울지 마라..
아직 꽃피지 않았다고 울지 마라..
오늘 꽃피지 않았다고 울지 마라..

아직 그 뜰은 그곳에 그대로 있으니..
아직 꽃나무는 자라고..
잎새는 여전히 푸르게 살아가고 있으니..
♥♥♥♥♥♥♥♥♥♥♥♥♥♥♥♥♥♥♥♥♥♥♥

10년을 노력해도 안 되는 일이 있고.. 10년을 준비해도 1년
도 준비 안한 사람보다.. 결과가 좋지 않을 때가 있다.

성공보다는 실패로 얼룩지는 것이 인생살이지만.. 실패는 늘
아프게 다가온다.

그렇게 실패에 익숙하기에.. 또다시 실패하지만.. 그래도 또
다시 일어서는 것이 인생이다.

강자보다는 약자 편에 섰기에.. 불의보다는 정의와 함께하고..

비록 실속이 없어도 의리로 함께하는 것이 운명 같은 인생이다.

약아 빠진 사람은 시대의 변화에 맞추어 색깔도 바꾸고, 아니었어도 그런 척 하지만..

내가 비겁하지 않았다면.. 내가 묵묵히 한길을 걸었다면..

비록 같은 꽃나무에 모두다 꽃 피어도.. 혼자 꽃피지 않았음을..

'부끄러움'이 아닌 '옳음'으로 믿으면 된다. 그것조차 인생이기에..

인생이라는 선물

오늘은 안 좋아서 좋은 날..

– 오늘 잘 안되었기에 내일은 잘 될 것이므로..

오늘은 안 좋은 날
그래서 좋은 날

오늘 안 좋았기에
내일은 좋을 것이므로
그래서 오늘은 좋은 날

오늘은 힘들었던 날
그래서 내일은 잘 되는 날

오늘 잘 안되었기에
내일은 잘 될 것이므로

그렇게 내일은 오늘보다 좋은 날
그러니 오늘 역시도 괜찮은 날

이미 어려웠던 하루도 지나갔잖아
그렇게 또 잘 견디며 살아냈잖아

오르막 다음에는
내리막이라는 말처럼

현재 어두운 밤이기에
다음은 밝은 아침이고

지금 땀나는 한낮이기에
이제 편안한 저녁이 오지

오늘 혼자이기에
내일 함께하게 되고

여기서 서러웠기에
다시 또 웃을 수 있지

그렇게 살아가는 날들은
언제나 안 좋아도 좋은 날

인생이라는 선물

오늘 안 좋았기에 내일 좋아지고
그때라도 웃으면 되는 거지

그래, 오늘은 안 좋아서 좋은 날
그렇게 오늘도 내일도 언제나 좋은 날

비록 내일 다시 안 좋을 수도 있지만
그래도 다시 하루만 더 참으면

그 다음의 내일은 좋은 날
결국은 좋은 날..

삶은 쓰디쓴 시련이 거듭되는
힘겨운 날들의 연속이지만

그래도 고마운.. 그리운.. 사랑하는,,
소중함들 덕분에..

오늘 역시도 힘들어서 좋은 날..
괴로워도 좋은 날.. 슬프지만 좋은 날..

그렇게 눈물 참고 서러움 견디며..
오늘은 좋은 날.. 오늘도 좋은 날..

그래서 또 다시 오늘은 좋은 날
내일이 있기에 더 좋은 날

인생이라
는 선물

다섯 번째 선물..

'행복'이라는 선물...

행복해야할 의무와 권리..

- 그저 살아있음을 느끼고 즐기면 된다...

'자연'이 주는 감사와 치유..
'생명'이 주는 기쁨과 숭고..
'사랑'이 주는 행복과 평화..

이것만으로도 살아감은
충분히 소중하고 아름다울 수 있는 것..

누구나 세상살이 힘들지 않겠는가..
누구나 세상살이 상처와 어려움이 있는 것..

아무리 열심히 살아도 힘들 때가 있고..
아무리 잘하는 듯해도 원망 받고 미움 받을 때가 있다.

사이 좋은듯해도 갈등과 오해가 있고..
별 문제가 없는 듯 해도 오해와 시기 속에..

160

사람과 사람의 갈등 속에 부딪혀가는 것이..
우리 살아가는 자연스런 모습이다.

그래도 그 모든 아픔과 시련을..
어루만져주고 위로해 주는 '자연'이 있기에 ..
살아가는 '생명'의 소중함이 있기에..

함께 하는 사람과의 '사랑'이 있기에..
삶은 아직 아름다울 수 있는 것.

비록 삶터의 치열함과 어려움이 있어도..
푸른 자연을 찾아 치유 받고 위로 받으며..
사랑하는 사람과 함께 살아 있음을 느끼고 감사하며..

그렇게 아름다운 우리 삶을..
다시 웃고.. 다시 일어서고.. 다시 시작하고..
그래서 또 사랑과 행복을 온몸으로 느끼며..
또다시 내일을 맞으면 된다.

저 멋진 산과 들과 하늘과 구름과
나무와 별들과 바람과 모두 함께..

인생이라는 선물

그 사람 손 붙들고 모두 함께..

원시 초원의 순진한 한 마리 동물처럼..
근심걱정 내려놓고 욕심욕망 버려놓고..
그저 살아있음을 느끼고 즐기면 된다.

누구나 그렇게 살아가리..
누구나 그 속에서 행복을 찾으리..

이렇게 삶의 행복을 지키며..
오늘을 씻고 내일을 향해..
우리 살아감을 감사 한다.

그래도 행복하게 살다 가는 것..

- 누구나 떠나가기에.. 단지 더 행복하며 살다 가는 것...

우리는 단지..
나는 이렇게 태어났고..
너는 그렇게 태어났음을..

우리는 그냥..
나는 여기서 태어났고..
너는 거기서 태어났음을..

우리는 서로..
그 차이뿐임을 알았기에..

우리 서로 반대로..
뒤바뀌어 태어났으면..

서로 다른 모습.. 다른 자리로..

163

지금의 모습이나 위치도 뒤바뀌기기에..

그래서 무척 대단한 듯 해도..
단지 그렇게 태어났음이고..

엄청 부족한 듯 해도..
단지 이렇게 태어났음을 알기에..

나도.. 너도.. 여기도.. 거기도..
너나.. 나나.. 거기나.. 여기나..
사실은 별반 다를 바 없는 인생..

세상사가 결국 그런 것임을..
이제는 알기에..

저 강가에 수많은 돌들도..
저 바닷가에 수많은 모래알들도..
각자 필요한 이유가 있음을 알기에..

세상 수많은 꽃과 나무들 중에는..
예쁜 꽃도 있고.. 배시시 웃는 꽃도 있고..

함께 피는 꽃도 있고.. 혼자 피는 꽃도 있고..

잘생긴 나무도 있고.. 못생긴 나무도 있고..
키 작은 나무도 있고.. 키 큰 나무도 있고..
서로 다른 듯 해도.. 그것이 그것이고..

나도.. 너도.. 여기도.. 저기도..
위든.. 아래든.. 앞이든.. 뒤든..
결국.. 다 비슷비슷한 것임을 알기에..

수십억 년의 역사에..
단지 몇 년.. 몇 십 년을 함께함을 알기에..

결국에는 모두 다 빈손으로 돌아가고..
누구나 잊혀지고 바람처럼 사라지는 것이..
모두에게 공평하게 부여되는 삶임을 알기에..

너무 실망할 것도..
너무 원망할 것도 없이..

너무 억울할 것도..

너무 심각할 것도 없이..

너무 냉정할 것도..
너무 교만할 것도 없이..

단지 더 사랑하며 살다 가는 것..
단지 더 행복하며 살다 가는 것..

그냥.. 그렇게.. 행복하게 살다 가는 것..
그래도.. 그렇지만.. 행복하게 살다 가는 것..

오늘은 그 언제나.. 내일 보다는 더 젊은 날..

- 젊게 살아가는 그 사람은 언제나 젊은 사람이다...

이십대의 청춘들을 보며 흔히들 말 한다.
'젊음' 그 자체만으로도 너무나 아름답다고..
'젊음' 그것만으로도 그 삶이 너무도 빛나는데..
왜 그 빛나는 그 소중함을 알지 못 하느냐고..

그러면서도 그런 감탄이나 조언은..
결국 '젊음' 그 자체에 대한 부러움과..
이미 지나버린 '젊음'에 대한 아쉬움으로 마무리 된다.

하지만 그런 부러움과 아쉬움을 내보이는 그 자신도..
사실은 '젊음'에 대한 의미를 제대로 알지 못한다.

과연 '젊음'이란 것의 기준은 무엇인가..
20대라는 나이만으로도 젊음이라고 할 수 있지만..

20대를 두고 젊다고 하는 이유는..

젊은이만이 갖고 있는 열정, 순수, 사랑, 도전, 희망 같은..

그런 특성으로 인해 젊다고 하는 것일 것이다.

그래서 그것을 되짚어보면..

몇 살부터 몇 살까지만 젊은이로 지칭한다고..

딱히 정해진 것이 없기 때문에..

'젊음'의 그런 특성을 가지고 있다면..

그 누구나 젊다고 할 수 있는 것이다.

나이가 좀 들었어도.. 젊은 생각.. 젊은 태도..

젊은 감성.. 젊은 도전..이 있다면 그 또한 젊은 것 일 것이다.

그래서 이십대들에게..

'젊음' 그 자체만으로도 너무 아름답다고 말하듯..

'젊은 마음'으로 살아간다는 것만으로도 그 삶은 소중한 것이다.

할 수 있다는 믿음으로.. 아직 그 무언가에 도전하고..

자신만의 목표를 향해 찾아가는 것은 아직 젊다는 것이다.

젊은 자세로 지금 무언가를 하고 있다면..
젊은 태도로 꿈을 꾸고 희망을 갖고 있다면..
젊은 감성으로 사랑하고 나누고 함께 한다면..
그것만으로도 그 삶은 여전히 젊은 삶이다.

삼십대 때는 이십대 때를 부러워하고..
사십대 때는 다시 삼십대를 그리워하며..
오십대 때는 다시 사십대를 아쉬워하게.. 될 것이다.

그렇게 그 어느 나이 대가 되더라도..
지난 세월은 최소한 지금 보다는 젊은 시절이다.
결국 삶은 늘 지난 세월을 '젊음'으로 그리워하는 것이다.

그래서 이제는 젊음이 지났다고 생각하지만..
그런 생각하는 그 순간 그 자체도 지나고 나면..
또다시 그리운 '젊은' 시절이 될 것이다.

언제나 '젊은 그대'로 산다는 것은..
나이가 들지 않는다는 것이 아니라..

인생이라는 선물

나이가 들어도 젊게 살면 언제나 젊은 것이다.

바로 이 순간을 젊게 사는 것이 늘 젊게 사는 것이다.
나이 들어서 나이든 것이 아니라..
나이든 척하고, 나이든 듯 행동하기에 나이든 것이다.

늘 젊은 마음으로.. 젊은 열정으로.. 젊은 도전으로..
항상 젊은 사랑으로.. 젊은 감성으로.. 젊은 감각으로..
언제나 과거보다는 미래에 살고.. 회한보다는 희망으로..

지난 시절이나.. 지난 관념에 매달리지 않고..
변화를 인정하고.. 새로운 것들을 받아들이고..
열린 소통으로.. 긍정하고 살고.. 사랑하며 살면..
누구나 젊은 삶이고.. 젊게 사는 젊은 그대다.

그렇게 젊게 살아가는 모든 날들은.. 젊은 날들이고..
그렇게 젊게 살아가는 그 사람은 언제나 젊은 사람이다.

언제나 젊게 사는 젊은 그대의 그런 삶은..
나이가 들수록 더더욱.. 아름답게 빛날 것이다.

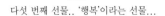

단지 천천히 걸었지..

– 천천히 걸었기에 만난 것들...

단지 천천히 걸었을 뿐인데..
저 멀리 서성이던 것들이 어느새 다가와 손을 내밀더군..

단지 좀 더 천천히 걸었을 뿐인데..
가진 건 줄어도 행복은 늘어나더군..
숨 막히는 날들은 가고 편안함이 찾아오더군..
분노와 원망의 날들은 사라지고 잔잔해지더군..

그냥 좀 더 천천히 느리게 걸었을 뿐인데..
필요한 건 줄 알았던 것이 굳이 필요하지 않고..
꼭 있어야 된다고 했던 것들이 없어도 그만이고..
그리도 갖고 싶은 것들도 갖고 싶지가 않아졌지..

그전 보다 세상속의 나는 작아 졌지만..
내 마음만은 더 커지고 여유로워졌지..

171

인생이라는 선물

결국 그 전보다 줄었지만 늘어난 거지..
그래서 갖지 않아도 가질 수 있음을..
내려놓아도 오히려 넉넉해 질 수 있음을..
없어도.. 비워도.. 더 이상 허전하지 않음을..

그렇게 나는 단지 천천히 걸었기에..
굳이 집착 않아도 되는 것들로부터 편안해졌지..
그렇게 나는 그저 느리게 걸었기에..
굳이 갖지 않아도 되는 것들로부터 편안해졌지..

남들의 이목에서 부담을 내려놓게 되었지..
나만의 생각을 지킬 수 있게 되었고..
이런 내 자신이 부끄럽지 않게 되었지..

이런 나를 미워하지 않고.. 이런 내가 괜찮아 졌지,,
이런 내 자신이 당당해지고.. 이런 나를 믿게 되었지..

그렇게 나는 자유가 되었지..
세상의 기준으로부터 자유로워지고..
쓸모없는 것들로부터 자유로워졌고..
나를 기대하는 나에게로부터 자유로워졌지..

그저 천천히 걷는 것만으로도..

그저 느리게 걷는 것만으로도..

내 삶은 더 자유롭고 여유롭게 되었지..

그렇게 나는 좀 더 자유로워졌지..

그렇게 나는 좀 더 행복해졌지..

단지 천천히 걸었을 뿐인데...

그저 느리게 걸었을 뿐인데...

♥ ♥ ♥ ♥ ♥ ♥ ♥ ♥ ♥ ♥ ♥ ♥ ♥ ♥ ♥ ♥ ♥ ♥ ♥ ♥

그저 앞만 보며 빨리 가는 것만이.. 그것이 맞는 방법이고.. 그것이 잘 사는 거라고 생각 했었기에.. 숨이 턱턱 차도록 달렸었다.

하지만 숨만 가쁠 뿐.. 별로 잘 살지도.. 행복하지도 못했었다.

늘 날카로워 있었기에.. 미워하고.. 부딪힘의 날들이었다.

그런데 천천히 걷는 지금이 오히려 더 편안하고 좋아졌다.

처음 느리게 걸을 때는 잘못하고 있는 건 아닐까.. 스스로를 의심도 하고.. 느리게 걷는 나를 보며 한심해 하기도 한다.

173

하지만 이제는 괜찮다. 내가 걷지 않는 것도 아니고.. 단지 빨리 가지 않는 것뿐이고.. 꾸준히 걷고 있기에.. 이런 나를 믿게 되고.. 이런 나를 사랑하게 되었으니까..

뒤쳐진 나보다.. 이상하게도.. 앞서 가는 사람들이..
더 힘들어 하고.. 지쳐 괴로워하는 것은.. 도대체 무엇 때문일까..

뒤에 있는 나도 여전히 이렇게 걷고 있는데.. 더 빨리.. 더 멀리 가면서도 뭐가 그리 힘든지.. 앞서가면서도 더 빨리 가려 힘들어하지..

어쩌면.. 진짜 중요한 건.. 빠르고 느림 보다.. 꾸준히 걷고 있다는 그 자체.. 자기 자신의 삶을 향해 걷고 있다는 그 자체.. 자기가 가고자 하는 곳으로 걷고 있다는 그 자체..

그 속에서 행복 하고.. 그 속에서 자유로울 수 있는 그 자체가 가장 중요한 것이니까..

흔히 보던 반딧불이..
신비한 존재가 되었듯..

- 오히려 평범하기에 더 특별해졌음을...

내려놓으면 행복하다고 말 하지만..
이미 너무 많아 더 이상 가질 수 없을 만큼..
넘치도록 갖고 싶은 것이 사실이고..

이미 넘쳐나기에 어쩔 수 없이 내려놓을 때가..
진정한 행복인거라고 믿는 것이 사람 마음이다.

가진 것 보다는 마음의 행복이 먼저라 말하지만..
가진 것이 곧 행복인 것을 사람들은 알고 있다.

돈 많다고 꼭 행복 한 것은 아니고..
돈은 행복의 필요조건이지.. 필수조건은 아니라 말 하면서
도..
사실은 여전히 돈이 먼저다.

말로는 평범한 삶의 행복을 말하지만..

그래도 특별한 삶을 살고 싶은 것이.. 사람들의 솔직한 마음
이다.

겉으로 보이는 것보다는..
진실된 마음이 중요한 거라 말 하지만..
겉모습 먼저 보는 것이 세상인심이다.

이렇게 세상살이는 알면서도 모른 척..
그러면서도 안 그런 척 하며.. 모순과 위선으로 살아가는 것
이..
잘 살아가는 방법 중 하나다.

그렇다보니..
착하게 산다고 꼭 복을 받는 것이 아니고..
악하게 산다고 꼭 벌을 받지도 않는다.

정직하게 노력한다고 성공 하는 것도 아니고..
야비하고 냉혹하다고 성공 못하는 것도 아니다.

그래서.. 더 편하게 살기 위해.. 더 성공하기 위해..
나만의 목표를 향해.. 냉정하게 사는 속마음을..

굳이 부정할 필요도 없고.. 아닌 척 할 필요도 없다.

그냥 자신의 생각대로.. 자신의 목적대로 살면 된다.
이미 다른 많은 사람들도 그렇게 살고 있으니..

그런데 남겨지는 것은..
단지 그렇게 만은 살지 못 하는 사람들이다.

도저히 그럴 능력도.. 그럴 생각도 없는..
순진하고 착하고 여린 사람들은 스스로에게 묻게 된다.

그럼, 무엇을 위해 살아야 하는가..
이런 냉정한 세상을 어찌 살아야 하는가..

그런 의문은 자책감이나 회한..
삶에 대한 상실감이나 고통이 되기도 한다.

그 어떤 말로도 그 회한을 설득할 수 없고..
그 어떤 말로도 그 아픔을 위로가 될 수 없다.

단지 이제는 안다..

더 낮은 곳에서 별 욕심 없이 평범하게 살면서도..
인간에 대한 너그러움과 따스함으로..

자유와 사랑과 순수와 꿈을 갖고 살아가는..
그 소박하고 진실한 그 삶이.. 그 순수하고 수수한 그 삶이..

세상이 혼탁해질수록.. 순박함이 더 빛나듯..
어두울수록 별빛이 더 영롱하게 빛나 보이듯..

그 예전에는 아주 흔했던 맑은 샘터가..
이제는 아주 진귀하고 소중한 존재가 되었듯이..

그 예전에는 아주 흔히 보던 반딧불이..
이제는 아주 신비하고 그리운 존재가 되었듯이..

이제는 오히려..
그렇게 평범하기에 더 특별해졌음을..
그래서 평범한 그 삶도 참 소중한 삶임을...

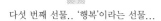

오늘도 좋은 날

– 고마운 것들이 늘 함께하기에 오늘도 좋은 날...

하늘이 높은 건
힘들어도 당당히 고개 들고
하늘 보며 힘내라는 것

바다가 넓은 건
어려워도 가슴 활짝 열고
바다처럼 도전 해보라는 것

나무가 푸른 건
이루고 싶은 내일의 꿈을 위해
그 꿈을 믿고 오늘을 웃으라는 것

산속이 깊은 건
언제라도 찾아갈 곳 있으니
너무 부담 갖지 않아도 된다는 것

인생이라는 선물

달빛이 밝은 건
결국은 모두 다 잘 될 거라고
그래도 괜찮다며 편안히 안아주려는 것

오늘이 좋은 건
이런 고마운 것들이 늘 함께하기에
역시 오늘도 좋은 날이라는 것
♥♥♥♥♥♥♥♥♥♥♥♥♥♥♥♥♥♥♥♥♥

푸른 하늘이 맑게 열려 있는 것은
비록 힘든 날일지라도 고개 들어 하늘 보며
힘내라는 것이다.

밝은 달이 밤에만 뜨는 이유는
어둠 같은 날들일지라도 희망을 잃지 말라고
그 말을 전해주기 위해 다정히 빛나고 있는 것이다.

그래서..
오늘도 당당히 고개 들고 좋은날로 살면 된다.

그리하라고..
하늘과 바다와 나무와 숲과 달님이
오늘도 저기 함께 있는 것이다.

그러니..
오늘도 좋은날로 살아가면 된다.

그렇게..
내 삶의 오늘을 살아가면 된다.

진정한 성공과 행복이란..

– 굳이 부러워하지 않는다면.. 그것으로도 행복한 것이다...

더 많은 지식을 쌓았다고 해서
더 옳은 삶을 사는 건 아니다.

더 많은 지식으로
세상에 더 좋은 일을 하기보다는
그저 자신을 위해서 더 고민할 뿐이다.

더 지위가 높아졌다고 해서
더 도움을 주는 삶을 사는 건 아니다.

예전보다 더 높은 위치에 올랐는데
사람들에게 더 도움이 되어 주기보다는
더 많은 사람들에게 더 많은 부담을 줄뿐이다.

더 많이 가졌다고 해서

더 나누는 삶을 사는 건 아니다.

분명 몇 십, 몇 백배를 더 가졌지만
그것으로 조금이라도 나눔이 되기보다는
그것으로 더 많이 가지려는 욕심만 더 커질 뿐이다.

더 많이 세상을 알고 삶을 깨달았다고
더 행복하고 더 보람된 삶을 사는 건 아니다.

과거 보다 현재가 분명..
더 많은 세상의 이치를 알게 되었는데도
차라리 알지 못했으면 하는 마음이 커질 뿐이다.

더 많은 사람을 알게 되었다고 해서
삶이 더 외롭지 않은 것도 아니다.

단지 더 많은 사람을 알게 되었을 뿐이지
오히려 더 외로워졌을 뿐이다.

그렇다..
더 많이 알고.. 더 많이 갖고..

더 높아지고.. 더 많이 깨닫고..
더 많이 만나도..

그것이 꼭 더 큰 성공이나..
더 행복한 삶을 의미하지는 않는다.

그것과는 별반 상관없이..
지금보다 적있을 때도.. 지금보다 낮있을 때도..
지금보다 부족 했을 때도.. 지금보다 몰랐었지만..

지금보다 더 적은 몇 명의 사람들만으로도..
더 행복하거나 덜 외롭기도 했다,

누군가..
과연 진정한 성공과 행복이란 무엇이냐 묻는다.

쉽사리 대답하지는 못한다.
하지만 한 가지는 말 할 수 있다.

바로 여기..
지금 이곳에 있는 자신이..

남들을 크게 부러워하지 않는 삶..
그 무엇에 별로 집착하지 않는 삶..을 살고 있다면..

더 갖건.. 덜 갖건.. 높이 있건.. 낮이 있건..
지혜롭건.. 무지하건.. 외롭건.. 외롭지 않건..

그래도 그나마 성공한 것이고..
그래도 그것으로도 행복한 것이다.

내일의 행복을 위해..
오늘의 행복을 포기 말아야지..

– 오늘의 행복들이 모여.. 더 행복한 인생이 되는 것이니...

이미 욕심 없이 살아가기에..
굳이 내려놓을 필요도 없다.

더 낮은 마음으로 살아가기에..
내려감을 걱정할 필요도 없다.

더 작은 미물로.. 더 낮은 곳에서..
더 약한 모습으로 살기에..

그 누군가에게 아픔이나
힘겨움이 될 것을 염려할 이유도 없다.

그저 인생은 바람이라는 듯이..
단지 운명은 구름이라는 듯이..

봄 들녘을 떠나는 홀씨처럼..
여름 풀잎에 맺어지는 이슬처럼..
가을 강변을 추억하는 들국화처럼..
겨울 바람에 흩날리는 눈송이처럼..

그렇게 시작하고.. 그렇게 떠나가고..
그렇게 추억하고.. 그렇게 잊어지는 것..

미움도.. 원망도.. 욕심도.. 미련도..
그게 다 무슨 소용이겠어..

오늘 여기 있는 이곳에서..
오늘 함께하는 여기 이 사람과..
오늘 가진 것을 사랑하고..
오늘 할 수 있는 것을 다하며..

내일의 행복을 위해..
오늘의 행복을 참지 말고..

오늘 지금 여기서부터..
행복해지려 노력할 때..

그것으로 오늘도 행복하고..
내일도 행복해지는 거지..

그것이 오늘의 행복이고..
내일의 행복인거지..
♥ ♥ ♥ ♥ ♥ ♥ ♥ ♥ ♥ ♥ ♥ ♥ ♥ ♥ ♥ ♥ ♥ ♥

행복이 무엇인지 고민하고 있다면..
역사의 위대한 성인이나 철학자들의
명언 몇 가지만 봐도 그 해답을 알게 된다.

그 선각자들이 가르쳐준 삶의 행복은 언제나 한결같다.

현재를 사랑하라..
지금 여기서 행복한 것이 진정 행복해지는 방법이다.

"인간은 행복할 때는 자신이 행복하다는 것을 느끼지 못하지만..
불행해져야 그때가 행복했다는 것을 깨닫는다."

"우리는 내가 가진 것은 생각하지 않고.. 항상 갖지 못한 것

188

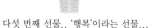

만 생각한다."는 '쇼펜하우어'의 말은..

　억지로라도.. '지금을 행복하게 살아가라'가 아니라..

　웬만하면 현실을 받아들이고.. 지금 이 순간 최선을 다하여
사는 것이

　결국 더 행복한 삶을 사는 것이라는 것이다.

　내일의 행복을 얻으려..

　오늘의 행복을 포기하지 말고..

　오늘의 행복들이 모여..

　더 행복한 인생이 되는 것이니..

　오늘, 지금 여기서부터 행복해야지..

　내일의 행복을 위해 오늘의 행복을 포기하지 말아야지..

행복한 기도..

– 더 베푸는 소중함이 내 삶에 더 함께 하게 하소서...

내가 더 베푸는 사람이 되게 하소서
베품의 행복이 그 나큰 수중함으로 함께 하게 하소서

베풀 수 있다는 것만으로도
이미 행복한 삶을 살고 있는 것

베풀고 나누는 것만으로도
이미 고마운 삶을 부여 받은 것이기에

베품으로 교만하지 않고
나눈다고 오만하지 말며

그것이 당연한 책무이며 의무임을 알고
그저 자연스럽게 자연스러운 마음으로
베품과 나눔을 기억조차 않게 하소서

이미 베푸는 입장이라 행복한거고
그 베품이 더 좋은 기쁨으로 되돌아오기에 행복한거고
참 좋은 사람으로 기억되기에 또 다시 행복한 것

삶은 알게 모르게 빚지고 사는 것이 인생이고
원하건 원하지 않건 때 묻히고 사는 것이 인생이기에

더 가지면 가질수록
누군가를 힘들게 하는 거고

더 높이 가면 갈수록
누군가를 이용하는 업보를 쌓는 것이기에

그래서 베품으로 때를 씻고
나눔으로 빚을 갚아가고,
내려놓음으로 업보를 낮추어야 하는 것

더 많이 가졌기에 베푸는 사람은 없기에
베풀 수 있을 때 까지 모은 후 베풀려면
결국에는.. 끝내는.. 베풀지 못하기에..

넉넉하지 않아도 베풀 수 있는 베품으로
오히려 부족하지만 베풀기에 더 넉넉하고
어렵고 힘들지만 나누기에 더 소중함으로

더 나누고 더 베푸는 것이
내 삶의 큰 소중함으로 함께 하게 하소서
♥♥♥♥♥♥♥♥♥♥♥♥♥♥♥♥♥♥♥♥♥♥

삶이란 때론 미움과 원망의 일들도 생겨나지만
그 미움도 원망도 결국은 지나가게 되는 것

분노의 마음으로
아무리 미움과 원망을 되갚아도
결국 지나가면 잊혀지는 것..

기어이 되갚아 준들
별로 좋은 기억은 못되는 것
그저 소모적인 인생의 시간이었을 뿐..

오직 소중함으로 남는 것은 좋은 일들뿐

더 사랑했노라
더 안아주었노라
더 도와주었노라

더 베풀었고, 더 나누었고, 더 함께 했고
그래서 참 좋은 사람으로 살아가는 것이..
더 소중한 사람으로 남는 것이..

우리 살아감의 가장 큰 의미임을..
이미 알기에..

더 나누고 더 베푸는 소중함이
내 삶에 더 함께 하게 하소서..

삶은 단지 축복인 것을..

– 더 행복하게 살아야지.. 더 사랑하며 살아야지...

그동안 우린 너무 심각 했어
그래서 잊고 지냈던 거야

삶은 우연한 기회에 얻어진
단 한 번의 축복인 것을...

그 소중함을 잊고
너무 어렵게만 생각했던 거야
너무 진지하게만 살았던 거야

비록 우연히 생겨난 인생이지만
그래도 삶은 참 괜찮은 행운이잖아

눈부시게 빛나는 햇살만으로도
푸른 하늘 함께 노니는 바람과 구름

맑은 강과 초록빛 산하를 보는 것으로도

따스한 밥 한끼만으로도
누구 한 사람 함께하는 것만으로도
여기 나 살아있음을 느끼는 것만으로도

이렇게 소중한 것들과
매일매일 함께할 수 있으니..

그렇게 이미 인생은 축복이잖아..
그러니 춤추고 노래하고 사랑만 해도
그것만으로도 인생은 괜찮은 거야..

스스로 만들어 놓은 틀 안에서
억지로 정해놓은 규칙대로만
굳이 자신을 옭아매면서까지

남들에게 보여주려고
신경 쓰지 않아도 될 것까지 고민하며
있는 척, 강한 척, 착한 척, 아닌 척
특별한척, 대단한척, 점잖은 척, 근엄한 척

위선과 가식으로 포장해가며
나도 속이고 남도 속이다가..
내가 누구인지 나도 모른 체..
나조차 나를 잊고 살기에는 아까운 거야

지금껏 어디로 가는지..
어디로 가야할지도 모른 체..

몸에 맞지 않는 옷을 입고
끝을 알지도 못하는 길을 향해
숨 막힘 속에서도 막연히 걸었던 거야

그렇게 지나가듯 살다 갈 수도 있지만
그렇게 살다가도 그만인 것이 인생이지만

그래도 축복 같은 인생인건데
그럴 수만은 없는 거잖아..

축복 같은 인생, 축복처럼 살아야지..
행운처럼 얻은 인생, 행복하게 살아야지..

비록 가진 것이 없다고 해도
할 수 있는 것이 별로 없다고 해도
이것저것 가로막힌 것이 많다고 해도

오늘.. 여기.. 지금..
나와 함께 하고 있는 바로 그 사람과..

현재 내가 갖고 있는 것만으로도
지금 할 수 있는 것만으로도
축복 같은 인생을 축복으로 살아야지

저 맑은 하늘아래, 저 푸른 강변을 걸으며
시원한 바람과 꽃과 벌들을 함께 느끼며

단지 그것만으로도
그렇게 할 수 있는 것만으로도..
행복하게 살아야지.. 사랑하며 살아야지..

인생이라
는 선물

여섯 번째 선물..

'자연' 이라는 선물...

저기 저 '산'이 나에게 왔다..

- 지금껏 너를 기다리고 있었다며...

어머니처럼.. 아버지처럼..
저기 서 '신'이 나에게 왔다.

왜 이제 왔느냐고 묻지 않고..
말없이 지그시 바라보다.. 다정히 안아주며..
기다리고 있었다며.. 어서 오라고..
울고 있는 나에게 가만히 왔다..

세상에 지칠 만큼 지쳐..
더 이상 견딜 수 없을 만큼 지쳐..
쓸쓸히 빈손으로 되돌아오다 만난 '산'..

그 '산'이 나에게 말했다.
울지 말라고.. 그래도 괜찮다고..

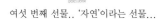

그냥 그 자리에서 있는 것만으로도..
살아있음은 대단한 거라고..

그냥 그 자리에 있는 것만으로도..
존재는 소중한 거라고..

그냥 그 자리에 견디고 있는 것만으로도..
삶은 아름다운 거라고..

너도 그렇게 살아가고 견뎌가라고..
바람처럼 구름처럼 흘러가는 것들을..
억지로 붙잡으려 하지 말고..
미련 따위 내려놓고 그냥 견디고 버텨 가라고..

그렇게 견디어 냈을 때
또 다른 누군가가 지칠 만큼 지쳐 되돌아오다..
우연히 너를 만났을 때..

그냥 너를 만난 것만으로도..
위로가 될 수 있고..
너를 보는 것만으로도..

아! 나도 살아야지.. 나도 살아야겠다..

비록 빈손 일지라도.. 다시 시작해야 할지라도..
지치고 힘들지라도.. 외롭고 그리울지라도..
나도 살아야겠다.. 나도 살아야 한다..

그런 마음을 들게 할 수 있는..
깊은 울림을 주는 사람이 되어야 한다고..

그래서 저기 저 '산'처럼 살아야 한다고..
단지 높아서가 아니라.. 단지 넓어서가 아리라..
꼭 최고라서가 아니라.. 꼭 화려해서가 아니라..

그냥 세월을 견디고 버텨낸 그 존재감만으로도..
누군가에게 위안이 될 수 있고.. 달램이 될 수 있듯이..

그저 거기 있는 것만으로도..
누군가에게 공감 주는 위로가 될 수 있고..
다시 시작할 수 있는 용기가 될 수 있는..
그런 사람이 되라고.. 저 '산'은 말했다.

그렇게 저 '산'을 만나면서
다시 시작하기로 했다.

그렇게 저 '산'은 나에게로 왔다..
울고 있는 나에게 울지 말라며..
지친 어깨 어루만지며 눈물 닦아주는 '어머니'로 왔다.

저 '산'은 굳이 많은 말을 하지 않아도..
늘 변함없이 그 자리에서 온 마음 다해주며..
새로운 용기로 일으켜 주는 '아버지'로 왔다.

저기 저 '산'이 가만히 나에게 왔다..
어머니처럼.. 아버지처럼..
그렇게 나에게 왔다.

"저 '산'처럼 살고 싶다"

저 '산' 같은 사람으로 만나고 싶다.
첫 만남만으로 반가움을 주는..

저 '산' 같은 마음을 나누고 싶다.

첫눈처럼 편안함을 주는..

저 '산' 같은 사랑을 하고 싶다.
첫눈에도 설렘을 주는..

저 '산' 같은 만남이 되고 싶다.
처음 그 마음처럼 푸근함을 주는

저 '산' 같은 사람이 되고 싶다.
첫 느낌으로도 큰 울림을 주는..

담백하면서도 깊이 있게..
순수하면서도 화사 하게..
오래되었지만 신선 하게..

저 '산'처럼 그렇게 살고 싶다..
저 '산'으로 그렇게 살고 싶다..

이렇게 봄이 오는구나..

- 결국 이렇게 희망의 새봄이 축복처럼 온다...

여린 봄비 다음에.. 잔잔한 봄 햇살..
그 고운 봄볕 다음에는 봄꽃..

이제는 화사한 봄꽃이 열릴 때..
이렇게 봄이 오는구나..

결국 이렇게 봄꽃이 핀다.
새봄으로 아름다운 봄꽃이 피어 온다.

긴 겨울 어둠의 시기를 잘 넘겼다고..
겨울의 장막을 걷고 드디어 봄이 핀다.

단지 계절과 계절 사이.. 겨울과 봄 사이..
그냥 한 계절의 차이가 아니라..
끝과 시작 사이.. 절망과 희망 사이..

어둠과 밝음 사이.. 거짓과 진실 사이..
고난과 극복 사이.. 시련과 행복 사이..
마무리와 새 출발 사이..처럼 크나 큰 변화..

이렇게 겨울의 시련을 이겨 냈구나..
그래서 결국 그 두꺼운 얼음을 녹이고..
이렇게 고유 봄이 열리는 구나

지난 계절, 쌓여가는 시련에 그리도 쓸쓸해했지..
점점 차가워지는 냉기를 보며..
점점 깊어지는 어둠을 보며..

서서히 시작되는 겨울을 보며..
도대체 어떻게 견뎌내야 하는 건지..

어떻게 참아내야 하는 건지..
두려움과 암담함에 우울했었지..

그런 쓸쓸한 시린 밤들을 보냈었는데..
이렇게 봄비 흩날리는 새날을 맞으며..

결국 여린 봄비와 함께 봄이 왔구나..
끝내 그 긴 시련의 계절을 견뎌 냈구나..

또 이렇게 포기하지 않고 끝내 살아남았구나..
꿋꿋하게 포기하지 않고.. 견뎌내고.. 이겨냈기에..

또다시 저 푸른 대지의 생명들을 마주하게 되는구나..
저 차갑던 대지가 풋풋한 흙내음으로 뒤바뀌는 새날을 맞는
구나..

이제는 그만 눈물 닦고.. 맘 편히 웃자..
이제는 푸른 대지를 찾아.. 싱그러운 바람과 함께..
자유와 행복과 사랑의 계절을 온 몸으로 느껴보자..

결국 이렇게 희망의 새봄이 온다..
결국 이렇게 축복처럼 새봄을 맞이한다..

새로운 생명으로.. 새로운 자유로..
새로운 행복으로.. 새로운 출발로..
이렇게 빛나는 새봄을 시작 한다.

움트고 솟아나는 봄의 힘 덕분이다.
끝내 포기하지 않은 희망 덕분이다.

잊혀지지 않던 봄꽃 기억 덕분이다.

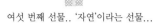

아직 봄은 시작일 뿐이라고..

– 아직 꽃들은 피지도 않았다고.. 더 활짝 꽃피게 될 거라고...

봄은 선물.. 그런 선물 같은 봄날에 받은 봄 선물..
그래서 더더욱 반갑고 고마운 봄 선물...

기다리고 기다리던 선물 같은 당신이..
봄에 왔어요.. 봄으로 왔어요..

긴 겨울 건너 왔기에 더더욱 반가운 봄 선물..
그래서 당신은 봄의 선물..

새봄은 말했다.. 이제 단지 시작일뿐이라고..
아직 꽃들은 피지도 않았다고..

이제서야 새로운 출발을 시작할 뿐이고..
새로운 꽃피움을 준비를 마쳤을 뿐이라고..

지금에서야 봄순들이 봄햇빛과 첫만남을 했을 뿐인데..
벌써 활짝핀 연분홍 꽃잎을 찾고 있느냐고..
그러니 좀 더 기다려 보라고...

이제 봄은.. 단지 시작일 뿐이라고..
봄이 끝난 것이 아니라.. 이제 겨우 시작일 뿐이라고..

진짜 꽃은 피지도 않았다고..
진짜 꽃을 보려면.. 아직은 좀 더 기다려야 한다고..

아직 꽃들은 피지도 않았고.. 나비는 오지도 않았고..
어린새는 겨우 날개짓을 시작했을 뿐이라고..

그리고 또다시 말했다..
조금만 더 믿어주고.. 함께해 달라고..

지금은 단지 봄햇살이 비추고..
봄바람만으로 다가왔지만..

이제 곧 꽃이 피고.. 새가 날고..
열매들이 맺히기 시작할 거라고..

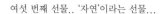
이제 곧 저 꽃들과 함께하는
나비와 풀꽃과 벌레들의
노래 소리를 들을 수 있을 거라고..

지금껏 봄이 오지 않는 겨울은 없었듯..
봄이 오지 않은 강은 없었고..
봄이 오지 않은 들녘은 없었다고..

그렇게 봄이 가진 강한 생명력과
아름다운 신비를 믿어 달라고..

봄은 결코 이대로 끝나지 않는다고..
겨우 얼음장만 녹이고 끝나지 않는다고..
저 강물 위를 나르는 새들의 노래를 들려줄 거라고..

그 날이 멀지 않았다고.. 그때까지만 기다려 달라고..
조금만 더 기다려 달라고.. 그래서 봄을 믿으라고..

봄의 강가에서 나는 들었다.. 봄에게서 들었다..
봄은 아직 시작일 뿐이라고... 단지 희망의 시작일 뿐이라
고..

아직 꽃들은 피지도 않았다고..
그 아름다운 꽃들이.. 곧 피어날 거라고..
당신을 위해 활짝 꽃피게 될 거라고...

반드시 봄은 그렇게 더 아름답게..
더 화사하고 행복하게..
꽃 피어 올 거라고..

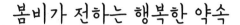

봄비가 전하는 행복한 약속

– 이제 다시 시작해야 해.. 이제 행복하면 돼...

우리 약속했었지.. 봄이 오면 행복하자고..

봄이 오면 이제 더 이상 울지 말자고..

봄이 오면 더 이상 힘들지 말고.. 눈물은 끝이라고..

그래서 봄이 오면 꼭 행복할 거라고 말했었지..

그때 그 약속을 지키라고,,

얼어있던 대지를 녹여내며 봄비가 부슬거리듯 말한다..

이제 드디어 봄이다.. 결국 봄이 왔다..

이제 다시 시작해야 해.. 이제 행복하면 돼..

시린 겨울, 당신은 말했었지..

봄이 오면 더 이상 아프지 않을 거라고..

봄이 오면 더 이상 울지 않을 거라고..

저 찬란한 햇빛을 맞으며 환하게 웃을 거라고 말했었지..

그래, 이제 웃으면 되고 행복해지면 되지..
이 비가 지나면 내일부터 봄꽃 햇살이 환하게 퍼지니까..
잎새들도 고개 들어 밝은 웃음으로 함께하게 될 거니까..

저기 저 봄비도 삶이 아픈지 몰라서..
잔잔히 부슬대며 당신 마음을 달래고 있을 건가..
오늘 저 봄비도 삶이 쓸쓸함을 몰라서..
잔잔히 흩날리고 당신 어깨를 어루만지고 있을 건가..

이제 그만 환하게 웃으라고,, 이제 그만 행복하라고,,
그러니 이제 그만 봄비 보슬대는 이 밤을 감사해도 된다고..

우리 봄이 오면 행복하기로 했던 그 약속을 떠올리라고..
새봄, 그 행복의 약속을 기억하고.. 지켜가고.. 축복하라
고,,.
그렇게 행복의 약속을 잊지 않고 전해주려고 봄비가 내린다.

그래서 봄비 내리는 이 밤은 고마움이고.. 축복이다..
시린 마음조차 그리워하게 만들고.. 고맙게 만들고..
굳은 마음조차 착하게 만들고.. 순수하게 만들기에..
그 누구라도 봄비 속에 그 약속을 떠올리게 만드니까...

이미 봄비가 저하는 그 약속을 잊어버린 사람조차..
그 소중한 약속을 다시금 기억나게 만드니까..

그렇게 부슬거리는 봄비는..
여기 세상의 수많은 사람들을..
그리움과.. 사랑과.. 희망과.. 행복으로 빠져들게 만드니까..

조용히 내리는 말 없음으로..
여기 세상의 수많은 사람들을.. 착하게 만드는 봄비...
봄비가 전하는 그 행복의 약속이..
지금 이 순간에도 여전히..
깨어있는 사람들 가슴에 소중히 전해지고 있다.

하늘이 말해준 것..

– 이미 많은 구름이 그렇게 흘러갔다고...

산이 되기보다는 구름이 되라고..
강이 되기보다는 바람이 되라고..
꽃이 되기보다는 홀씨가 되라고..

그래서 이름도.. 흔적도 남기지 말고..
그냥 흘러가는 것도 괜찮은 거라고 말했다..

이미 많은 구름이 그렇게 흘러갔고..
이미 많은 바람이 그렇게 지나갔기에..

하늘이 내게 말했다..
나무가 되지 말고 새가 되라고..
나루터가 되지 말고 쪽배가 되라고..

그래서 애써 매달리지도.. 머무르지도 말고..

그냥 떠나는 것도 괜찮은 거라고 말했다..

이미 많은 새들이 그렇게 날아갔고..
이미 많은 배들이 그렇게 떠나갔기에..

하늘이 내게 말했다..
정오의 햇볕은 자신을 돋보이며 뜨겁게 빛나지만..
한밤의 달빛은 지친 마음을 잔잔히 어루만져주듯..

햇볕이 되어.. 밝고 기쁠 때 빛나기보다..
달빛이 되어.. 힘들고 어려울 때 함께 하라고..

환한 웃음을 더 밝게 비춰 주기 보다는..
힘든 소망을 쓰다듬어주고 일으켜 주며..
그냥 그렇게 살아가라고.. 하늘이 말했다..

이미 많은 사람이 그렇게 살아갔고..
이미 많은 인생이 그렇게 살고 있기에..

이제는 안다..

사막을 흐르는 강江

- '사막'을 견디게 하는 '생명수'처럼...

사막에도 생명은 산다.
꽃은 피고.. 벌레는 기고.. 새들은 날고..
또 다른 생명은 걷거나 뛴다.

사막에도 바람은 불고.. 구름이 흐르고..
모래 언덕을 넘어.. 별들은 떠오른다.

황량한 대지를 건너는 낙타 인생들은..
저 하늘의 별을 보며 쓸쓸함을 견디기도 한다.

사막의 그런 모습을 보며..
누구는 그것이 삶.. 살아감이라고도 하고..
생존이라고 하거나.. 세상살이라고도 한다.

하지만 더 이상 저 푸른 별로도..

사막의 모래바람을 견딜 수 없을 때..
기나긴 숨 막힘을 더 이상 견디기 힘들 때..

그때 비로소 비가 온다..
메마른 사막에 비가 내린다..

사막에 내리는 비는..
사막의 샘이 되고.. 사막의 강이 되어..
꽃과 벌레와 새들과 나무와 생명들을..

그 척박한 사막에서도 견디게 한다.
사막의 황량함과 숨 막힘을 버티게 한다.

결국 사막의 모든 생명의 살아감들이..
사막의 비와 샘과 강이 있기에 존재하는 것이다.

그렇게 사막의 비는.. 사막의 샘은..
사막의 강은.. 생명이다.

그래서 모든 것을 적시며.. 안으며..
일으키고.. 지키고.. 어르며.. 흘러간다.

마치 당연하다는 듯이..
별 말없이.. 그저 그냥 흐른다.

작은 존재에게서도.. 큰 존재에게서도..
그 누구에게나 마찬가지로 생명이 되어 흐른다.

평범한 날은.. 수중한 날로 바꾸어 주고..
슬픈 날은.. 위로가 되어 잔잔한 미소를 주고..
힘든 날은.. 다시 힘을 얻는 날로 만들어 주며..

외로움, 절망, 고민, 실의, 아픔, 원망, 허무를..
꿈, 희망, 시작, 행복, 미래, 고마움으로 바꿔주며 흐른다.

그런 생명의 강이 있기에..
또다시 삶은 다시 살아갈 수 있다.
견뎌갈 수 있고 이겨낼 수 있고 내일을 만들 수 있다.

그렇게 사막을 흐르는 그 생명의 강을 보며..
누구는 '어머니'라고 하고..
누구는 '사랑'이라고 하고..
누구는 '진리'라고도 부른다.

그러나 사람들은..
'사막을 흐르는 강'이라 떠올리지..
'강이 흐르는 사막'이라 떠올리지는 않는다.

강물이 있기에.. 그 사막조차도..
생명이 존재할 수 있다는 사실을..
잊고 있기 때문일 것이다.

살아보면.. 진정 소중한 것을 잊고 산다.
삶을 존재하게 하는 가장 소중함조차도...

'사막'을 견디게 하는 '생명수'처럼..
힘든 삶을 견디게 해주는 그 사랑조차도..
평범한 날을 특별하게 만들어 주는 그 사랑조차도..

바람도 그렇게 산다..

- 머물러야 되면 머무르고.. 떠나야 되면 떠나면 되는 것...

이대로 살아가기에 세상살이는 너무도 파파차지만..
삶을 원망하기에는 세상 풍경이 너무도 아름답구나..

그래도 세상사 너무 미련 갖지 말아야지..
아무리 함께하고 싶어도 인연이 아니면 같이 못하고..
아무리 붙잡고 싶어도 내 복이 아니면 붙잡을 수 없고..

아무리 원하고 매달려도 내 운명이 아닌 것을 어쩌겠느냐..
아무리 갈망해도 때가 아니면 맺어지지 않는 것을 어쩌겠느
냐..

원래 세상사 다 그런 것..
아직 때가 되지 않아 맺어지지 않는 결실에 미련가진들..
기다리고 기대하는 그 마음만 더 아플 뿐..

내려놓아야 될 때가 되면 내려놓아야지 어쩌겠느냐..
내려놓아야 될 때가 되었건만 미련 가진들 또 어쩌겠느냐..

아닌 인연에 매달리지 말고..
아닌 운명에 미련 갖지 말고..
인연이 아니고 운명이 아닌 것은 그냥 놓아 버리고..
머물러야 되면 머무르고.. 떠나야 되면 떠나면 되는 것..

단지 열심히 살았으면 됐고.. 단지 최선을 다했으면 된 거
지..
내 스스로가 원해서 열심히 했다면.. 더 이상 미련 갖지 말아
야지..

어차피 알아주는 사람 없고..
어차피 붙잡지 않는 것이 세상인심인 것을..
무슨 미련에 그리도 주저하고 매달릴 것인가..

누가 누굴 알아주고.. 누가 누굴 붙잡겠는가..
그러니 세상살이 냉정해도.. 상처 받지 말아야지..

그냥 때가 되었을 뿐이라 생각하고..

내려놓아야 될 때가 되면 내려놓고..
떠나야 할 때가 되면 떠나면 되는 것..

머물러 달라는 곳도.. 붙잡는 곳도 없기에..
불어오는 바람에 몸을 실으면 그만인 것..
떠나야할 때가 되었기에 떠나는 거겠지..
바람이 불어오기에 떠나는 것이겠지..

그렇게 바람 속에 사는 것이 운명이라면..
그렇게 바람처럼 사는 것이 숙명이라면..
또 그렇게 바람에 몸을 싣고 살면 되는 것..

오늘이 가면 오늘을 보내고..
내일이 오면 내일을 맞으며..
새날이 오면 새날에 살면 되지..
바람도 그렇게 산다.. 살아간다..

2천년된 고갯길을 걸으며..

– 또 다른 누군가도 이 길을 걸으며 행복해 할 것이다...

2천년 전에도 사람들이 이 길을 걸었다.
천년 전에도.. 오백 년 전에도.. 백년전에도..
오십년 전.. 십년 전에도.. 이 길을 걸었고..

지금도 2천년 전처럼.. 여전히 걷고 있고..
오늘도 이 길을 사람들이 걷는다.

그 옛날 누군가는 힘들게 이 길을 걸었고..
또 누군가는 천천히 유람하듯 걸었고..
또 다른 누군가는 아주 빨리 이 길을 넘었을 것이다.

말을 타고 넘은 높은 양반도 있고..
급하게 잰걸음으로 넘은 평민도 있고..
지게 짐을 지고 넘은 낮은 사람도 있었을 것이다.

금의환향 큰가마를 타고 넘기도 하거나..
시집가는 새색시 꽃가마를 타고..
이 '하늘재' 고개를 넘었을 것이다.

다른 시대.. 다른 모습.. 다른 입장으로..
수많은 사람들이 이 길을 걸었지만..
늘 여기는 거기 그대로고.. 지나가는 사람들만 바뀌었다.

결국 모두가 이 고갯길을 지나갔을 뿐..
그 누구도 끝내 이곳에 머물지는 못 했다.

2천년 동안 수많은 사람이 이 길을 지났지만..
누가 이 길을 지났는지 서로 알지 못하고..
단지 누군가 이 길을 계속 걸었기에..
이 길이 여전히 이 자리에 남아 있음을 알 뿐이다.

그리고 또 다시..
이십 년.. 이백년..이 지나도..
또 누군가도 이 길을 걷게 될 것이다.

그때도 이 길을 걷는 사람들은..

이 길을 지나는 누군가에게 이 고갯길이 하는 말을
똑같이 듣게 될 것이다.

당신도 지나갈 뿐이야..

그러지 아쉬워 말고.. 울지도 마..

하늘 보다가.. 땅 보다가.. 구름 보다가.. 나무 보다가..

물소리 듣고.. 바람도 느끼며.. 새소리 즐기다.. 그렇게 지나
가..

모두 다 그렇게 지나갔어..

단지 지나갔을 뿐이고.. 아무도 여기 남지 못했어..

그러니 너무 서두르지 말고..

너무 잘하지도 말고.. 너무 힘들지 말고.. 그냥 가..

그저 넘어갈 뿐이고.. 당신도 그럴 뿐이니.. 그냥 가..

그리고 간혹.. 예민한 누군가는..

혼잣말로 대답하며.. 이 길을 지나갈 것이다.

숲은 참으로 위대하구나..

나무들은 참으로 아름답구나..

227

동물들은 나름대로 착하구나..
벌레들은 얌전하고.. 풀꽃들은 예쁘구나..

그렇게 너희들은 서로 잘 어울려 사는구나..
그러니 이렇게 변함없이 이 자리를 지키는구나..
그래서 지나버리는 이 길에 여전히 남아 있구나..

내가 아는 아름답게 사는 건 이런 것이구나..
단지 그뿐이구나..

비록 이렇게 지나갈지라도,,
여기 이 숲을 지나가기에..
여기 오래도록 남아 있기에 아름다운..
그 아름다움을 보는구나..

그저 떠나보낼지라도..
그대로 남아 있는 너는..
그래도 참 아름답구나..

작은 강江처럼 살면 되지..

– 멈춘 듯 흐르기에 연연하지 않고.. 떠나가기에 돌아보게 되는...

징검다리만으로도 건널 수 있는 작은 강江처럼 살면 되지..
아이들도 즐겁게 놀 수 있기에 누구나 마음 편히 찾을 수 있는..
그런 잔잔한 강처럼 살면 되지..

작은 물고기들의 놀이터가 되어주고..
강가를 걷는 연인들의 쉼터가 되어 주며..

낮에는 햇살 반짝이며 물새들과 장난치고
밤이면 달빛 품고 별빛 안고 다정히 속삭이는

그래서 그 언제든 부담 없고 진솔한..
그래서 누구에게든 고마우면서 편안한..

그래서 누구나 걱정 없이 건널 수 있는..

229

그런 고향의 강처럼 살면 되지..
빠르게 급히 흐르기 보다는 천천히 여유롭고 부드럽게 흐르고
억지스럽기 보다는 자연스럽게 흘러..

새봄의 아지랑이 피는 푸근한 모습으로
초여름의 싱그러움을 담은 푸른 가슴으로
늦가을 물안개 스미는 떨림으로 함께하고
그 겨울 흰눈 담은 착하고 순한 마음으로

엄격하기 보다는 다정하고.. 대단하기보다는 부담 없고..
어렵기 보다는 편안 하고.. 크고 위엄 있기 보다는 작고 다정
한..
그런 작은 강江처럼 살면 되지...

흐르고 흘러도 그 사람 소식을 전해 주고..
굽이굽이 돌아도 편안히 도닥이고 안아주며..

큰 강 보다는 작은 강으로.. 높은 사람보다는 좋은 사람으
로..
가진 사람보다는 편한 사람으로.. 대단한 사람보다는 고마운
사람으로..

멈춘 듯 흐르기에 연연하지 않고..

억지로 머무르지 않기에 원망하지 않으며..

가야할 곳으로 가기에 두려워하지 않으며..

아쉬움으로 떠나가기에 다시 돌아보게 되는..

그래서 오래도록 추억 되는 사람으로..

잊지 못할 고맙고 소중한 기억으로..

그래도 그리운 사람.. 그리운 기억으로..

그렇게 작은 강처럼.. 물 맑은 작은 강처럼..

그저 고마운 기억만을 간직한..

그저 그리운 추억만을 간직한..

그런 작은 강江으로 살면 되는 거지...

살아있음으로 느끼는 소중함..

– 살아있음을 감사하게 만드는 소소하고 잔잔한 것들...

새 아침을 시작하는 연둣빛 숲처럼
물안개가 피어오르는 신비의 강처럼

새봄 여린 가지에 내리는 햇살처럼
한여름을 씻어 내리는 소나기처럼

새벽 호수를 펄떡이는 물고기처럼
냇가에 한가로이 노니는 잠자리처럼

겨울밤 함박눈으로 내리는 첫눈처럼
흰 눈 뒤덮인 들판의 순백의 눈밭처럼

아이를 바라보는 엄마의 눈길처럼
첫사랑을 시작한 연인의 설레임처럼

첫 소절만 듣고도 가슴 먹먹해지는 음악처럼
한 구절만 읽어도 마음 잠겨드는 시처럼

평화로운 일요일 아침에 울리는 종소리처럼
처음 손을 잡고 수줍게 걸을 때의 느낌처럼

해바라기 아래에 졸고 있는 강아지처럼
봄 햇살에 졸고 있는 병아리의 나른함처럼

삶은 아름답고 살아있음이 감사하다고
느끼게 해 준 소소한 행복의 느낌이란
바로 그런 것들이었다.

그 어떤 대단한 것들 보다는
그렇게 잔잔하고 평화로운 것들이었다.

살아있음으로 느끼는 소중함이란..
그 어떤 특별한 것들이 아니라

삶을 아름답다 느끼게 해주고..
살아있음을 감사하게 만드는 것..

바로 그런 소박하고 평범한 것들이었다.

그래서 삶의 살아가는 날들은..
여기 함께 사랑하며 살아가는 날들은..

모두 살아있음을 느끼는..
소중한 날들인 것이다.

일곱 번째 선물..

'인생'이라는 선물...

살아 냈기에 얻은 것들..

– 살아갈 모든 날들은.. 그 언제든 소중하다는 것은...

열정은 줄었지만 여유는 늘었다.

체력은 약해져도 연륜은 생겼다.

야망은 멀어져도 허욕은 비웠다.

자신감은 작아졌지만 노련함은 커졌다.

기억력은 떨어져도 너그러움을 얻었다.

삶의 막연함은 그대로일지라도 두려움은 줄었다.

시력은 낮아졌지만 더 멀리 더 넓게 보게 되었다.

굳이 듣지 않아도 느끼게 되고 보지 않아도 알게 되었다.

그래, 이 모든 것이 살아냄 덕분이다.

나이 들기에 잃어버린 것들이 아니라..

더 살아 냈기에 점점 얻어낸 것들이다.

나이 들면서 잃은 것들이 아니라..

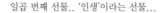
나이 들면서 놓아주었기에 얻어낸 것들이다..
이제는 나이 듬을 그렇게 생각하기로 했다.

나이 듬의 쓸쓸함과 서러움을 생각하기 보다는..
살아 냈기에.. 살아낸 사람만이.. 얻을 수 있는..
소중하고 풍성한 삶의 열매로 믿고 가꾸기로 했다.

단지 뜨거운 사랑만이.. 사랑의 모든 것이 아니듯..
빛나는 젊음만이 인생의 모든 것이 아니다.

사랑은 떠나가도.. 진심은 남겨지고 추억은 소중하듯..
삶의 지나가도.. 내 살아낸 삶의 진실은 소중히 남겨진다.

그래서 우리 살아낸 모든 날들과..
살아갈 모든 날들은.. 그 언제든 소중하다.

♥♥♥♥♥♥♥♥♥♥♥♥♥♥♥♥♥♥♥♥♥

삼십대 때는 이십대 때를 부러워하고.. 사십대 때는 다시 삼
십대를 그리워하며.. 그렇게 그 어느 나이 대가 되더라도.. 지
난 세월은 모두 젊은 시절이었다고 생각한다.

그렇게 삶은 늘 지난 세월을 그리워하기에.. 차츰 나이가 들어 이제 젊음이 지났다 생각해도.. 그런 생각을 하는 그 순간도.. 지나고 나면 또다시 그리운 젊은 시절이 될 것이다.

　그러니 지난 삶을 아쉬워하기 보다는.. 나이가 들어가기에 얻은 것들이 많음을 느끼고.. 지금 이 순간을 소중히 살아야한다.

　지금 이 순간도 얼마 후면... 그래도 아직 젊었던 시절로 떠오르게 될 테니까.. 늘 지금 이 순간을 젊게 살면 항상 젊게 사는 것이기에..

　언제나 소중한 삶을 살아간 것임을 되새기며..
　나이 들어감을 받아들이고.. 느끼고.. 누리려 한다.

그냥 그러면 된 거야..
그것만으로도 잘한 거야..

– 인생이란 것이 그런 거야.. 그렇게 버텨가는 거야..

이십대를 희망과 열정과 사랑으로 버텨내고..
삼십대를 야망과 희생과 책임으로 버텨내고..
사십대를 사명과 포용과 불혹으로 버텨내고..
오십대를 연륜과 비움과 숙명으로 버텨내고..
그렇게 버티고 버텨내다보면.. 어느덧 저만치 서 있는 거야..

삶의 힘겨움을 미래와 희망으로 버텨가고..
삶의 외로움을 사랑과 비움으로 버텨가고..
삶의 무거움을 사명과 책임으로 버텨가고..
삶의 고독함을 성찰과 안음으로 버텨가고..

삶의 화려함에 대한 유혹과 갈등을 진리로 버텨가고..
삶의 곤궁함의 쓸쓸함을 성인들의 가르침으로 버텨가고..

그렇게 살아감으로 버티고 버티다보면.. 나도 이미 이만큼 살았고..

또 그 속에서 뭔가를 이루었으면 된 거라고.. 단지 그러면 된 거라고..

그렇게 스스로를 안아주고.. 쓰다듬으며. 살아내면 된 거야...

대지 위의 저 나무가.. 여름의 불같은 뜨거움을..

조금만 더 견디면.. 선선한 가을이 온다는 희망으로 버티듯..

겨울의 매서운 얼음바람을.. 따스한 봄이 다가오고 있다는 믿음으로..

끝까지 포기하지 않고 자기 자리를 지키며 버텨내고 있는 거야..

버티고 견디다 보면.. 운 좋게.. 거목도 되는 거고..

내 밑 둥에 자리한 작은 꽃들을 지켜주는 고마운 나무가 되기도 하고..

든든한 가지에 그네를 걸고

누군가에게 휴식이나 즐거움이 되기도 하고..

햇볕 뜨거운 날 누군가에게 그늘이 되어 주며.. 인생을 살아가는 거야..

그렇게 버텨냄으로써 나에게 기대어 사는..

작은 새들과 착한 벌레와 고운 풀꽃들을.. 키워 낼 수도 있
고..

나만을 바라보는 키 작은 나무의.. 나무 아래 자리 잡은 고운
꽃들에게..

바람막이가 되고.. 나뭇잎 우산이 되어.. 휴식이 되고.. 위로
가 되어 주는 거야..

그냥 속절없이 저 하늘 구름 보며..

내 혼자의 삶을 만끽하기도 하는 거고..

달빛 고운 밤이면 달님 보며 밤새 이야기 할 수 있으니..

그것도 좋은 거고..

그러니 너무 아파만 하지 말고.. 너무 슬퍼만 하지 말고..

걱정 투성이 힘든 인생이지만.. 막막하기만 어려운 세상살이
지만..

조그만 희망조차도 보이지 않는 답답한 현실 일지라도 버텨

내는 거야..

그러다보면 어느새 나도 모르게..
그 버팀 속에서 그 어떤 열매를 맺을 수도 있고..
나만의 인생이 되어 가는 거야..

그러니 많이 이루지 못했다고 서운해 하지 말고..
더 많이 가지지 못했다고 아파하지 말고..
더 높이.. 더 넓게.. 뻗지 못했다고 서글퍼 말고..

가져갈 수도 없는 것을 많이 갖고 있으면 무슨 소용이고..
잡으려 해도 잡히지 않는 것을.. 억지로 매달려 붙잡으려 한
들..
잡히지 않는 것을 어찌 하겠는가..

그래서 절망하지 않고.. 그냥 그렇게 한 세상 살다 가는 거
야..
그렇게 바람의 노래를 들으며.. 구름 벗 삼아.. 달빛 벗 삼
아..

그때그때.. 그날그날.. 그때그날.. 그 행복.. 그 추억으로..

하루하루.. 오늘오늘.. 그 마음으로 그렇게 살다 가는 거야..

그냥 나는 이만큼만 이렇게 살아남은 거야..
그냥 이렇게 살아가는 거야..

그래서 언젠가 홀로서도 외롭지 않은 나무로..
그렇게 살아가는 것뿐이야..

별거 없는 거야.. 그냥 그렇게 사는 거야..
새들이 와서 함께 지저귀며 놀아주면 고마운 거고..
그 속에서 알찬 열매를 맺으면 더 더욱 고마운 거야..

그리고 그 열매를 누군가에게 나눠줄 수 있으면..
내 살았음을 감사할 수 있는 거고.. 나는 내가 된 거야..

그래서 우리 살아감은..
외롭지만 외롭지만은 않고.. 쓸쓸하지만 쓸쓸하지만은 않고..

허무하지만 허무하지만은 않고..
실패한 것 같지만 실패하지만은 않고,,

사라져 버리지만 사라지지만은 않고..
놓아버리지만 놓아버린 것만은 아닌..

한 사람으로.. 한 인생을 살다 가는 거야..
'나'로서 살아가는 거야..

지금껏 그렇게 견뎌냈듯.. 그렇게 견뎌가는 거야..
그냥 그러면 된 거야.. 그것만으로도 잘한 거야..

그것만으로도 대단한 거야..
인생이란 것이 그런 거야..
그렇게 버텨가는 거야..

삶이란 '혼자'가 되어가는 과정..

– 함께여도.. 혼자여도.. 내 삶은 소중했다고...

신혼 때는 배우자가 옆에 없으면 잠들지 못하지만..
중년이 되면 혼자 자는 것이 편하다며..
각자 따로 혼자 자길 원한다.

젊을 때는 친구들에 둘러쌓여 밤 세워 술을 마시지만..
점점 나이가 들수록 혼자 술 마시는 일이 늘어나며..
오히려 때론 혼자 술 마시는 것이 더 편할 때도 있다.

자식이 어릴 때는 잠시라도 부모와 떨어지지 않으려다가..
좀 더 나이가 들면 간섭 받길 피해 부모와 떨어지려 한다.

오랫동안 일하던 회사에서 더 이상 함께할 수 없다고 하거
나..
오래알던 사람들과도 어쩔 수 없이 돌아서 버리기도 하고..
긴 세월 함께해 왔던 익숙했던 것들과도 멀어지기도 한다.

245

이렇게 인생은 점점 원하건.. 원하지 않건..
서로 사랑하건 사랑하지 않건.. 그것과는 별개로..
점점 혼자가 되는 시간이 많아지고..
혼자일수 밖에 없는 상황으로 변해간다.

이렇게 어쩔 수 없이 혼자가 되어가는 과정이 인생이건만..
그래도 그것을 받아들이지 못하거나 견디기 힘들어 한다.

그래서 그렇게 혼자가 되어가는 것이 싫어서..
가끔은 이런저런 불편함을 감수해서라도 함께해 보면..
벌써 혼자였던 것에 이미 어느 정도 익숙해져 있어서..
함께하는 것이 좋은 것만은 아니고.. 오히려 불편하기까지
하다.

그렇다. 결국 삶이란 혼자가 되어가는 과정이고..
자연스레 혼자가 되는 것이 인간의 운명이며 숙명이다.

이제는 이런 '혼자'됨을 자연스럽게 받아들이고..
혼자인 내 스스로를 달래고 위로해야 한다.

그 '혼자'됨이 정 허전하고 견디기 힘들면..

내가 사랑하는(했던).. 나와 함께하는(했던)..
그 소중한 무언가를 대신해줄.. 무언가를 만나면 된다.

나에게서 떨어지거나.. 멀어지거나.. 빠져나가는 것만큼
나를 채워줄 뭔가를 찾아 비록 완전하지는 않더라도..
허전한 마음을 메우며 내 삶의 시간들을 지켜 가면 된다.

그렇게 채울수 있는 것이 취미일 수도 있고..
봉사이거나.. 일이기도 하고.. 운동과 문화.. 그 무엇이든..
자신과 어울리거나 자신이 좋아할만한 것이면 된다.

어느 사람이 큰 돈벌이가 되지 않음에도..
굳이 가게를 열어 장사를 하는 이유가 사람을 만나기 위해서
고..
어느 사람이 별로 알아주는 사람이 없어도..
꾸준히 인터넷 소통으로 지식을 나눈 이유도..
삶의 가치를 느끼고 싶어서이기도 하다.

만약, 여러 사람들과 어울리는 것이 별로라면..
혼자 할 수 있는 것들로 스스로의 빈 시간을 채우면 되고..
그것으로 위로받고.. 그렇게 조금 더 행복해질 수 있다면 된다.

이제 '혼자'되는 삶이라고 너무 쓸쓸해하거나 힘들어하지 말
자.
　삶이 원래 그렇게 '혼자'되어 가는 것임을 이젠 알기에..
　외로움조차 느끼지 못 할 만큼 더 외로운 사람도 있기에..

　그 누구든 결국 혼자로.. 혼자 참고.. 혼자 견디어 가는..
　그런 것이 사는 것임을.. 그것이 삶이 본질인 것이기에..

　이제.. '혼자'됨을 인정하고.. 받아들이고..
　그 속에서 나를 찾고.. 나를 만들어..
　함께여도.. 혼자여도.. 나는 나를 사랑했다고..
　그 언제든 나는 나의 인생을 살았다고..

　함께여도.. 혼자여도.. 내 삶은 소중했다고..
　나는 끝내 나의 삶을 사랑했다고..
　그렇게 살아가기로 한다.

그냥 흘려보낸다..

– 흘려보내기에.. 나는 원래의 나로 살아가게 될 것이다...

사람 속에 사는 것이..
어찌 서운하고 서럽지 않겠느냐..

세상 속에 사는 것이..
어찌 고단하고 외롭지 않겠느냐..

그래도 그냥 흘려보낸다.

원래 내 속에 있던 것도 아니고..
나에게서 나온 것도 아니기에..
그냥 흘려보낸다.

남에게서 여기로 오고..
원래 내 것이 아니었던 것이기에..
다른 곳에서 이리로 흘러온 것이기에..

그냥 흘려보낸다.

서운함.. 서러움.. 고단함.. 외로움..
굳이 내 마음의 연못 속에 쌓아둔들..
결국 서서히 썩어 연못물만 흐려질 뿐..

내 마음만 흐려지고 탁해질 뿐
내 마음만 아파지고 괴로워질 뿐..

흘려보내지 못하고 계속 가두어두니..
더 서운하고.. 더 서럽고.. 더 괴로운 거지..

저 강물 따라 흘려보내면..
그냥 그렇게 잊어 지는 거지..

그러니 아무도 모르게..
그냥 나 혼자 그렇게 흘려보낸다.

그렇게 흘려보내기에..
원래 내 마음을 지킬 수 있는 거고..
세상에게서 내 모습이 지켜지는 것..

어차피 흘려보낼 건 흘려보내는 것이..
사는 것 아니더냐..

세상 속에 흘려보내고..
세월 속에 흘려보내며 사는 것이..
인생 아니더냐..

♥ ♥

세상 속에 살다보면..
이런저런 서운함이나 미움, 원망, 후회 등이 있다.

마음속에 쌓인 서운함은 점점 미움이 되고..
그런 원망이나 미움은 더더욱 커져..
증오와 원한으로 변해가기도 한다.

세상 고인 것들은 대부분 썩게 된다.
흘러야 할 것은 흘러야 하는데..
흘러야 할 것이 흐르지 않으니 썩는 것이다.

우리 가슴속 그 어떤 마음도 그런 것 같다.
흘러야 할 것은 흘러야 하고..

흘려보내야 할 것은 흘려보내야..
원래의 그 마음이 지켜 질 것이다.

흘려보내지 않고 가둬 두기에..
오히려 나만 더 힘들어지고..
내 자신만 안 좋게 변할 수 있다.

아직도 마음속에 머무르는 좋지 않은 것이 있다면..
비록 쉽진 않아도.. 이제 그냥 흘려보내도록 한다.

흘려보낼 것을 흘려보내기에..
나는 원래의 나로.. 살아가게 될 것이다.

좋은 일만 간직하고.. 좋은 것만 남겨두어도..
부족한 기억력이고.. 짧은 인생이기에..

꽃 보다 열매이기를..

– 꽃으로 기억되기 보다는 열매로 남겨지는 사람이기를.....

꽃을 피우기도 어렵지만
열매로 영글게 되는 것이
몇 배 더 힘겨운 것임을 알기에

꽃처럼 화려하지는 않지만
오히려 정말 쓰임새 있는
꼭 필요한 것이 열매임을 알기에

진정 소중한 것은 눈에 잘 띄지 않고
잘 드러나지도 않지만

그것이 꼭 필요할 때
그 쓰임으로 확인하게 되기에

빨리 보여지기 보다는 늦게 보여 지고

급하게 이루기보다는 서서히 이루어지게 되기에

화려한 꽃만 피우는 꽃나무이기 보다는
튼실한 과실을 맺는 사과나무이기를…

양팔에 매달린 과실들을
버텨내는 그 어깨가 너무 힘겹지만
그래서 그 과실이 소중한 것임을 알기에..

과실이 영글도록 땀과 눈물로 견뎌낸 시간들이
얼마나 진실하고 절절한지를 알기에..

노래 보다는 울음으로
기쁨 보다는 아픔으로

눈물겨운 처절한 삶의 절실함으로
이루어내고 채워지고 담아내고
버텨낸 것임을 알기에..

화려하기 보다는 담백하게..
멋드러지기 보다는 소박하게..

보여주기 보다는 덤덤하게..

장미꽃 보다는 호박꽃처럼..
벗꽃 보다는 사과꽃처럼..

꽃보다는 열매이기에..
꽃이기 보다는 열매로..

꽃으로 기억되기 보다는
열매로 남겨지는 그런 사람이기를...
그런 열매 같은 삶이기를...

가장 맛있는 과일은..
상처 있는 나무에서 열리지만...

– 그 성공도.. 그 행복도.. 다른 누군가의 피땀 덕분이다....

좋은 마음으로 사람들에게 친절을 베풀고 편하게 대하면..
오히려 만만하게 보며 무시하고..
냉정하게 사무적으로 대하면..
눈치 보며 어렵게 대하며 아부하는..

이런 어이없는 태도 때문에..
점점 사람에 대한 믿음과 착한 삶에 대해 회의가 든다.

마음이 여리기에.. 배려심이 많고..
배려심이 많다보니 언제나 부담 없는 만만한 사람으로 보여
지고..

그러다보면 고마움에 대해 은혜를 갚기는커녕..
은혜를 원수를 갚는다는 말처럼..
오히려 그 사람을 이용해 목표하는 자리까지 올라가거나..

256

어느 정도 빼먹고 이용가치가 떨어지면..

곧바로 속내를 드러내며..

오만불손하게 무시하는 태도를 보인다.

늘 누군가를 타박해서 자기 존재감을 드러내려는 사람..

늘 남을 끌어들여 자신의 욕심만을 챙기는 사람..

늘 다른 사람 핑계를 대며 자기가 한 잘못을 합리화 하는 사

람..

그러나 고마워해라..

그 착한 사람의 눈물이 있어..

그 여린 사람의 속앓이가 있어..

독한 당신이 편히 웃을 수 있고..

악한 당신이 선한 역활을 할 수 있고..

냉정한 당신이 돋보이거나 특별할 수 있다.

실제 부러진 나무에서 핀 꽃이 가장 화려하고..

그 상처 있는 나무에서 열린 과일이 가장 맛있다.

이것은 모든 과실들이 마찬가지다.

257

그만큼 그 상처 받은 그로 인해..
또 다른 누군가는 화려한 웃음을 짓고..
도 다른 누군가는 탐스러운 결과를 얻는 것이다.

그러니 지금 멋진 결과로 성공하고 있다고..
남들보다 더 많이 즐겁게 행복하게 살고 있다고..
너무 오만하지도 자만하지도 마라..

그 웃음도.. 그 성공도.. 그 행복도..
다른 누군가의 피눈물 덕분이고.. 피땀 덕분이다.

그런 고마움에 늘 감사 할 수는 없지만..
늘 겸손하고.. 늘 부담감을 갖고 살수는 없지만..
그래도.. 지금의 그 행복을 만들어 주고 있는..
그런 착한 사람들에게 잠시라도 고마워 할 줄 알아라.

지금 편안하게 환히 웃고 있다면..
분명 나로 인해 눈물 흘리는 사람이 있을 수 있다.
비록 나 자신은 모르거나 잊고 있지만..

그러니 조금은 너그럽게..

조금은 돌아보고.. 베풀고.. 나누며..
좋은 마음으로.. 양보하고 이해해주는 마음으로..
약자의 편에서.. 그렇게 살아라..

그것이 누군가의 피땀을 댓가로 편하게 살고 있는..
자기만 행복한 그 삶에 대한 최소한의 양심이다.

살아 있기 때문에 할 수 있는 일

- 그래서 살아가는 이유가 될 수 있는 일...

농부는 폭우에 거둘 농작물이 모두 떨어져도
다시 밭으로 나가 밭고랑을 일구고..

어부는 고기잡이를 허탕치고 빈 배로 귀항해도..
다시 출항 준비로 그물을 손질하고..

장사꾼은 손님이 없어 빈손으로 가게 문을 닫았어도..
다시 가게 문을 열고 손님 맞을 채비를 하며..

직장인은 상사에게 억울한 질책을 받아도..
다시 출근해 속울음을 삼키며 업무 보고를 한다.

그렇듯..
작가 역시도 인정해주는 독자가 없어도..
다시 마음을 가다듬고 새로운 글을 써야 한다.

단지.. 더 인정받고 알아주기를 걱정하기 보다는..
설령.. 수확이 안 좋고, 장사가 안 된다고 해도..
부실한 과실을.. 부패한 생선을.. 부패한 상품을..
시장에 내놓으면 안 되듯..
부실한 글을 세상에 내놓았는지를 걱정하면 된다.

또 그래서..
아무리 힘든 오늘 일지라도..
오늘은 다시 내일을 준비하는 오늘이여야 한다.
그것이 우리 살아가는 운명이고.. 숙명이다.

단지 부끄럽지 않고 비겁하지 않게..
내 삶을 회피 하지 않는 내가 되면 된다..
그런 사람이 되면 되고.. 그렇게 살아가면 된다.
♥ ♥

수많은 사람들이.. 도대체 삶이 무어냐고 묻고,,
또 긴 세월 동안 무엇을 위해.. 어떻게 살 것인가를 고민한다.

잘 될 때는 우쭐하기도 하고..
힘든 날이 계속될 때는 좌절하기도 하고..

261

새로운 희망이나 꿈을 갖고 힘을 얻기도 한다.

하지만 희망조차 희망이 되지 못 할 만큼 힘들 때가 있고..
그 어떤 말도 위로가 되지 못할 때가 있다.

과연 그럴 때는 무엇에서 희망을 찾고..
무엇에서 위로를 얻어야할까..

그 속에서 먼저 살다간 선인들의 연륜과 경험을 들어본다.
과연 그 분들은 그 어려운 삶의 순간들을 어떻게 견뎌 갔는
지..

공자님은.. 삶에 대해..
"배우고 때때로 익히면 또한 기쁘지 아니한가?"라고 말씀 하
였다.
'學而時習之(학이시습지) 不亦說乎(불역열호)'

또한, "남이 나를 알아주지 않음을 걱정하지 말고 (不患人之
不己知),
내가 남을 알지 못함을 걱정할 일이다. (患不知人也)"라고
도..

말씀 하셨다.

이 힘들고 각박한 삶 속에.. 그리도 한가하게..
"배우고 때때로 익히면 또한 기쁘지 아니한가?"라니..

이런 말이 현실감 없기도 하고..
세상 물정 모르는 훈계로 느껴지기도 한다.

하지만...
그 '배우고 익힘'.. 그 자체야말로 인간 존재의 본질이며..
삶의 이유가 될 수 있다면...??

어느 산 속에 홀로 사는 60대 노인이 늘 일기를 쓰고 시를
쓴다.
아무도 봐주는 사람이 없는 글이고..
아무도 알아주는 사람 없는 자연인이건만...

그에게서 글쓰기는 도대체 무슨 의미일까..??
과연 남들이 읽어주고 알아줘서 쓰는 걸까..??

말 그대로 자기만족이고 자기 수행으로..

단지 살아감의 일부로.. 살아가기에.. 살아 있으니.. 그냥..
단지 그냥..

쓴다는 것은.. 자신의 존재 확인을 넘어..
그냥 존재 그 자체 일 수 있을 것이다.

모든 것을 '자포자기'한 노숙자들에게
고전 인문학을 배울 기회를 주었더니..
삶의 새로운 목표를 갖고.. 다시 출발하는 사람이 늘었다고
한다.

그들 역시도..
삶의 이유를 성공이나 그 어떤 결과에서 찾다가..
그냥 살아가는 그 과정의 의미에서 찾은 것은 아닐까..

우리 살아가는 이유는..
꼭 그 어떤 대가나 성공이 따르기에..
그 무언가를 하는 것은 아닐 것이다.

단지 인간으로 살아있기에..
인간으로 살아가기에 ..그냥 하는 일도 있을 것이다.

그 중에 "배우고 때때로 익히면 또한 기쁘지 아니한가?"라는 것도

그 어떤 목적이나 목표가 되기 때문에 하는 행동이 아니라..

그냥 살아가기에.. 하는 행위일 수 있을 것이다.

단지 살아 있기 때문에 할 수 있는 일..

그래서 가장 힘들고 어려운 순간에도 할 수 있고..

그것이 살아가는 이유가 될 수 있는 일..

"배우고 때때로 익히면 또한 기쁘지 아니한가?"..라는 것은..

그 무엇보다.. 단지 나 자신을 위해서..

살아 있기에.. 배우고 익힘만으로도..

내 삶이 의미 있어질 수 있으므로..

깨우치는 그 자체만으로도.. 삶은 소중해 질 수 있음으로..

"남이 나를 알아주지 않음을 걱정하지 말라 (不患人之不己知)"는

이유가 되어줄 것이다.

그래서...

265

인생이라는 선물

우리 살아감은.. 아무리 힘든 오늘 일지라도..
오늘은 다시 내일을 준비 하는 오늘이여야 한다.

그것 자체만으로도..
우리 살아가는 이유가 될 수 있기에...
그것이 우리 살아가는 운명이고.. 숙명일 것이다.

삶의 숲을 물려받으며..

– 자신만의 숲을 가꾸어야하는 책무를 받은 것임을 알지..

삶은 태어남과 동시에..
작은 숲 하나를 물려받는 것..

그 삶의 숲에는..
시간이라는 나무들이 자라고..

그 시간의 나무들로..
누구는 큰 집을 짓기도 하고..
누구는 큰 배를 엮기도 하며..

또 누구는 가구로 다듬거나..
또 누구는 무기를 만들지만..

꼭 무엇이 되거나..
그 무엇을 만들기 보다는..
봄이면 싱그러운 초록으로 남아

267

그저 편안한 위로가 되고..

여름에는 나무향기 바람으로 변해
누구든 시원히 쉬게 하고..

가을에는 붉은 단풍으로 더 깊어져
어느 고독한 마음과 함께 하며..

겨울에는 구들장 덥히는 장작불이 되어
화로 속의 참숯불로 따스함이 되어..

밝을 때는 초록빛 푸르른 환함으로..
어두울 때는 어둠을 밝히는 불빛으로..

때로는 편안함이 되고.. 안아줌이 되고..
때로는 그리움이 되고.. 따스함이 되고..

그렇게 내 삶의 숲을 지켜 가면 좋겠네..
그렇게 내 삶의 숲을 가꾸어 가면 좋겠네..
그리고 세월에 자랄만큼 자란 한그루로
'나무 물고기'(목어木魚)를 깎아 걸어 놓고..

청아한 소리로 두드리고 싶네..
영혼을 울리는 고운소리를 들려주고 싶네..
♥♥♥♥♥♥♥♥♥♥♥♥♥♥♥♥♥♥♥♥♥

삶의 숲을 물려받으며..

누구는 비옥한 땅에
계곡도 흘러 나무가 빼곡하게 잘 자라고
동물들도 많은 풍성하게 우거진 숲을 물려받고

또 누구는 척박하고 메마른 땅이라
나무도 듬성한 숲을 물려받을지라도..

그 누구라도 그 시간의 숲으로
자신만의 숲을 가꾸어야하는 책무를 받은 것은
모두 마찬가지라네..

그러니 비록 부족하더라도..
내 삶의 숲에서.. 내 시간의 나무들로..
나만의 인생을 가꾸어야..
내 인생을 만들어야..

단지 묵묵히 걸을 뿐..
- 그 길이 나에게 가장 맞는 길임을 알기에...

그래, 그냥.. 그런 거다.
내 맘처럼 안 된다고 해도 그냥 그런 거다.
억지로 때 쓴다고 바뀔 것도 아니잖아..

원한만큼 안 이루어져도 그냥 그런 거다.
그렇게 매달린다고 해결될 것도 아니잖아..

하고 싶은 것과 달라도 그냥 그런 거다.
세상이 마음만큼 다 잘 되는 것도 아니잖아..

괜한 오해를 받아 억울해도 그냥 그런 거다.
화낸다고.. 싸운다고 풀리는 것도 아니잖아..

그렇게 손해만 보는 여린 내 마음을..
남들이 몰라줘 답답하고 서러워도 그냥 그런 거다.

그래도 끝까지 아무도 몰라주는 것도 아니잖아..

그래서 그냥 그렇게.. 이해하며 사는 거고..
흘러 보내며 사는 거다.

차라리 그것이 더 나은 거야..
그나마 그것이 더 좋은 거다.

그래도 그렇게 하니 덜 힘든 거야..
그래야 그렇게 해서 힘 내는 거다.

그래서.. 웃으며 견뎌 가는 거야...
오늘도 웃는 거고 나를 위해 웃는 거다.
♥♥♥♥♥♥♥♥♥♥♥♥♥♥♥♥♥♥♥♥♥♥

지나고 보니 그것도 모두 집착이었다.
지나고 보니 그것도 모두 미련이었다.

겨우 이만큼 올 것을.. 그저 여기까지 오려고..
그렇게 숨 막히고.. 답답하고.. 억울하고..
화내고.. 싸우고.. 부딪치고.. 욕심내며 살아 온 것이다.

271

그래봐야.. 사는 게 고만고만큼의 차이고..
후회하고 아쉬워하다마는 건데.. 겨우 그런 건데...

그러니.. 너무 화내지 말고..
너무 집착하지 말고.. 미련 갖지 말고..
너무 억지 부리지 말고.. 매달리지 말고..

좀 더 마음 편하게 살고..
좀 더 내려놓고 살고.. 비우고 살고..
좀 더 흘려보내며 살고.. 잊으며 사는 것이..
결국은 좀 더 나은 거다.

차라리 그것이 덜 힘들고.. 덜 아프고.. 덜 손해보고..
덜 괴로워하며 사는 거다.

그래야 그나마 덜 욕먹고.. 덜 못된 짓 하며..
조금이라도 좋은 사람으로 사는 거다.

그러니 단지 묵묵히 걸을 뿐..
한 걸음.. 한 걸음.. 뚜벅 뚜벅..

그래 어렵더라도 미움도 내려 놓고..
그래 힘들더라도 원망도 접어 두고..

그냥 조금이라도 안아주면 되지..
그냥 조금이라도 덜어주면 되지..

결국 그것이 내가 가야 하는 길이기에..
그 길이 나에게 가장 맞는 길임을 알기에..

그래도 나에게 맞는 길을 걸었을 때..
그나마 가장 나다운 삶의 길임을 알기에..

그것이 바로 나의 길이기에..
단지 묵묵히 걷고 있을 뿐..
오늘도.. 뚜벅.. 뚜벅..
내일 역시.. 뚜벅.. 뚜벅..

아직 삶의 의미를 모르더라도..

- 아직 이루어 지지 않았다는 것만으로도..

삶의 의미 같은 건 몰라도 그만이다.
'왜' 그런 건지, '무엇' 때문인지를
꼭 알아야 하는 것도 아니다.

수많은 철학자들이 삶이 무엇인지에 대해 가르쳐왔다.
하지만 더 많은 사람들은 그 가르침을 모르고 살아갔다.

그렇다. 아직 사는 이유를 모르더라도..
단지 살아가면 된다.

욕심 때문이든, 부귀영화를 꿈꾸든
애국, 성취, 명예, 종교, 희망,
사랑, 연인, 부모, 자식, 행복..

그 어떤 목표가 아니라.. 마지못해..

어쩔 수 없이.. 살아갈 수밖에 없어서..
삶도.. 죽음도 마음대로 할 수 없다 해도..

그 어떤 이유 때문이라도 모두 괜찮다.
살아가는 순간만큼은 억지로라도 끝까지 살아가야 한다.

나를 믿어주는 단한사람만이라도 있다면
나보다 더 나를 믿는 그 사람을 위해서라도..

세상에 철저히 외면 받는 혼자라면..
그렇게 외로운 나를 위해서라도...
나만이라도 나를 믿어주며 살아야 한다.

세상 그 누가 뭐라고 해도..
스스로를 자책하는 마음만으로도..
혼자라고 아파하는 그것만으로도..

본인 탓으로 후회하는 감정이 있다는 것만으로도..
혼자임을 자책하고 아파하는 감성이 있다는 것만으로도..
분명 좋은 사람이었다.

그렇게 여린 사람이라면
그 누군가에게든 좋은 사람이었다.

세상에 외면 받는 사람이라면
시련의 날들을 견뎌도 달라질 것 없는 힘겨움의 연속이겠지
만..

분명 아직 할 일이 있고 할 수 있는 일들은 남아 있다.

여린 마음만큼 세상에 전해줄 수 있는
작은 희망의 씨앗이 아직 남아 있기에

그런 당신에게서 고마움을 느끼고
그런 당신의 소중함을 기억할 사람들 역시도
아직 여전히 여기 이곳에 함께 있기에..

스스로를 설득해야 한다.
나는 분명 좋은 사람이라고..
아직 할 수 있는 일은 있다고..

그러면 누군가 응답할 것이다.

그래도 당신은 참 좋은 사람이라고..
그래도 당신은 참 고마운 사람이라고..

당신만이 할 수 있는 그 소중한 가치를
단지 아직 모를 수 있는 거라고..

그러기에 그 의미를 보여줘야 한다고..
당신의 의미는 여전히 소중하다고..

아직 모두 이루어 지지 않았다는 것만으로도
삶의 날들은 소중히 남아 있는 것이다.

그래서 삶은 위대한 것이다.
그렇게라도 믿어야 한다.

단지 바람처럼 스쳐가는 것이 인생이라지만..
어디선가 민들레 홀씨라도 되어줄 때..
무의미한 세상의 날들이 의미로 남겨지듯이..

인생이라
는 선물

덧 붙임...

그래도 함께 하려고..
그렇게 함께 하려고..

더 '이루려는' 희망 보다
더 '나누려는' 희망으로..

– 희망의 '주인공'이기보다 희망의 '도우미'로도 괜찮은 것이다.

사람이 어려움 속에서도 참고 살아 갈 수 있는 것은 오직 희망이 있기 때문이다, 앞으로 더 좋아질 수 이다는 희망, 이 힘들고 어려운 시간을 견디면 내일은 더 잘 살 수 있다는 희망..

하지만 희망이 이루어질 확률이 낮아지고 그 희망마저 희미해지면 사람은 점점 상실감이나 공허감에 빠진다. 지금껏 그 어려움을 견뎌온 건 오직 희망 때문이었는데.. 이제 그 희망조차 희미해지면 도대체 무엇으로 살아야 할까..

그런 물음에 대한 해답을 찾다가 어느 누구는 과거에 집착하거나, 다른 누군가는 모든 미련을 내려놓고 자연으로 들어가기도 하고, 그동안 못 누렸던 여행에 몰두하기도 한다.

그리고 또 누군가는 그저 안락하고 평화로운 삶을 찾기도 하며, 인생에 대한 상념이나 아쉬움을 SNS로 새벽부터 깊은 밤까지 공유하기도 한다.

그럼, 도대체 무엇으로 살고 어떻게 살아야 할까..

억지로라도 또다시 희망을 만들거나.. 그것이 아니면 아무런 희망도 열정도 없이 그냥 사니깐 어쩔 수 없이 살아야하나..

이제 그 해답을 찾아야 한다.

꼭 이룰 수 있는 희망만이 아니더라도 또 다른 삶의 이유가 있다고.. 그 의미와 이유를 찾아야 한다.

지금까지 자기 스스로의 희망을 위해서 열심히 살아 왔다지만..

그것은 어찌 보면 나만을 위한 희망이었고, 나만을 위한 내 욕심이었을 수도 있다.

무언가 더 많이 이루려는 희망, 더 높이 오르거나, 더 인정받으려 했고, 더 많이 갖으려 했던 희망이었기에..

내가 더 잘 되고, 내가 더 성장하고, 내가 더 커지기 위한 나 자신을 위한 희망이었던 것이다.

그래서 이제부터는 그런 나만을 위한 희망 보다는.. 내가 아닌 남을 위한 희망..

'더 이루기 위한 희망'이 아니라... 희망이 '이루어지도록 도와주는 희망'도..

얼마든 새로운 희망이 될 수 있다.

이미 희망의 꿈으로 나는 내 삶을 여기까지 열심히 살았고..

내 삶의 몫에 대해서만큼은 충분히 노력 했으므로..

희망의 '주인공'이기보다 희망의 '도우미'로도 괜찮다는 것이다.

'오 헨리'의 소설 '마지막 잎새'에 그 무명화가처럼 희망이 필요한 누군가에게 희망을 그려주는 마음으로..

할 수 있는 것으로라도.. 갖고 있는 재능만큼이라도... 그렇게 좋은 사람으로 살아가는 것으로도..

분명 소중한 삶인 것이다.

그렇기에 비록 삶의 꿈을 모두 이루지 못한 삶일지라도..

더 많은 사람에게 더 좋은 사람이 되어 주고 더 많은 도움이 된다면..

그래서 더 많은 사람에게 더 좋은 사람이 되어주는 것으로도 의미 있는 삶이다.

그것은 단순한 '마음 비움'이고 '내려놓음'이 아니다.

그 속에서 나의 존재를 찾아가고.. 내 삶의 의미를 자연스럽게 만들어 가는 것이다.

지금까지 나를 위한 희망이었지만.. 이제부터는 함께하는 희망으로..

그래도 나 보다 더 힘들고 더 낮은 무언가를 위해 함께하는 희망으로..

'나를 이루려는 희망' 보다는 '남을 이루어지게 도와주는 희망'으로 사는 건 어떨까..

설령 세상 낮은 곳에 있다고 하더라도..

비록 더 큰 꿈을 이루기에는 부족한 재능이지만.. 내가 가진 나만의 재능으로..

다른 누군가에게 작은 위로와 도움이 되어줄 수 있다면 또 얼마나 다행한 일인가..

그렇게 '더 이루려는 희망'이 아닌 '더 나누려는 희망'을 새로운 희망으로 삼아..

또다시 삶의 길을 가려 한다. 그것으로도 괜찮은 삶이므로...

그래서 세상이 알아주지 않고.. 많은 사람들이 읽어주지 않는 글쓰기라고 해도...

또 다시 희망의 글쓰기를 한다.

'오 헨리'처럼.. '마지막 잎새'처럼.. 그 소설의 화가처럼..

그렇게 시련에 익숙하고 실패와 실수에 경험이 많은 비슷한 처지로..

보다 더 공감되고.. 함께 느껴지는 그런 이야기를 쓸 수 있다고 믿기에..

그 마음 그대로.. 처음 쓸 때부터 지금껏.. 언제나 그렇듯이.. 또 다시 쓴다.

성공한 사람의 글쓰기도 감동이겠지만..

이런 글쓰기도 위로가 되고 공감이 될 수 있다 믿기에..

여전히.. 그리고.. 또 다시.. 희망의 마음으로 글쓰기를 한다.

누구나 결국에는 그 무엇도 가져가지 못하고 모든 것을 남겨두고 떠나듯..

그래서 모든 것을 전해주고 남겨주어야 하듯이.. 그렇게 글을 쓰고 함께해야지..

그렇게 끝내 희망 만들고 희망을 나누며 함께 살아야지..

그래서 '이루려는 희망'이 아닌 '나누어주는 희망'일지라도..
희망을 갖고 산다는 그 자체가 희망이다.

그렇게 삶은 희망이다.. 함께함으로 희망이다..
그래도 삶은 희망이다.. 희망으로 희망이다..

"별이 밤에 뜨는 이유"

– 너도 나처럼 혼자 깨어 있음을 알기에..

'별이 밤에 뜨는 이유'

저 별이 깊은 밤에 뜨는 것은
더 빛나 보이기 위해서가 아니라

아무도 그 말 들어줄 사람이 없을 때
혼자라도 들어주려고 밤에 뜨는 것이다.

늦은 저 별은 더 돋보이기 위해
깊은 밤까지 혼자 뜨는 것이 아니라

늦은 밤 혼자 걷고 있는 당신과 함께
걸어가 주고 싶어 늦게까지 뜬 것이다.

아무도 없는 그 어두운 거기까지
작은 빛이라도 되어 주기 위하여

더 어두운 곳에서도 보일 수 있도록
더 어두운 곳에서 더 잘 보일 수 있도록

그 어둠 속에서조차 보여 지게 하려고
깊은 어둠 속에서도 별이 빛나는 것이다.

아무리 어두워도 실낱같은 빛은 있다고
어둠 속에서도 한줄기 희망은 있다고

어제 아무리 어두웠어도 기어이 별은 뜬다고
진한 구름을 넘어 또다시 별빛으로 뜬다고

아무리 세상 혼자인 것 같아도
어둠속에 빛나는 또 다른 누군가도 있다고

그런 희망의 빛을 전하려..
너만 혼자가 아니라고 너와 함께 있다고..

그렇게 이 밤도 별은 뜬다.
아무리 어두운 밤이라도 별은 뜬다.

- 시詩, '강목어'

세상에 인정받지도 못하고.. 누가 알아주지도 않는데..
'강목어'라는 작가는 도대체 왜 글을 쓰냐고 묻는다면..
그건 '함께함'으로 인한 '공감'이고 '위로'이고 '희망'이라 말하
고 싶다.

당신뿐이 아니라..
또 다른 누구도 그렇게 살고 있다는 것을..
그런 공감과 함께함을 느끼게 해주려고...

우리 삶은 그럴 수도 있다고..
때때로 그렇게 처연하고 쓸쓸한 것이 삶이라고...
그러니 당신도 너무 아파하지 말라고..

그래서 비록 부끄럽지만.. 부끄러울지라도..
부족할지라도 글을 쓰는 것이다.

또 다른 누군가들도 분명 그런 마음으로
희망을 그리고 희망을 노래했을 것이다.
그래도 함께하려고.. 함께 느끼고 있다며..
그래서 함께 느껴지고.. 함께 느낄 수 있는..

희망의 시를 쓰고, 희망의 그림을 그렸고,
희망의 노래를 불렀을 것이다.

마찬가지다. 그런 마음으로 쓴다.
여전히 그런 마음으로 쓴다.

그렇게.. 희망의 별이 되어줄 것이다.
그래서.. 끝내 희망의 별이 될 거다.

              – 2019년 1월 12일.. '강목어' 江木魚.. 쓰다..

인생이라는 선물

초판 인쇄 2019년 1월 17일
초판 발행 2019년 4월 15일

지은이　　강목어
펴낸이　　진수진
펴낸곳　　혜민라이프

주소　　경기도 고양시 일산서구 하이파크 3로 61
출판등록　2013년 5월 30일 제2013-000078호
전화　　031-949-3418
팩스　　031-949-3419
전자우편　meko7@paran.com

값 14,000원

*낙장 및 파본은 교환해 드립니다.
*본 도서는 무단 복제 및 전재를 법으로 금합니다.